보살 팬심, 야구도 인생도 마리한화

보살 팬심,
야구도 인생도 마리한화

보살 팬심, 한국 사회를 비추다

한화승 지음

북창

차례

보살 팬심, 한국 사회를 비추다

한화 팬들의 보살 팬심은 단순한 스포츠 이야기가 아니다.
그것은 한국 사회가 잃어버린 따뜻함을 되찾게 해 주는 거울
이다.

경쟁과 이익만이 전부가 아닌 세상,
함께 울고 함께 웃으며 함께 살아가는 공동체의 꿈을
한화이글스가 보여 주고 있다.

오늘도 수많은 팬들이 오렌지빛 유니폼을 입고
대전 한화생명볼파크로
또 전국의 야구장으로 모여든다.

그들의 응원가가 밤하늘을 울릴 때
우리는 다시 깨닫는다.

야구는 단순한 스포츠가 아니라
우리의 마음을 하나로 묶는 거대한 축제라는 것을.
그리고 그 축제의 중심에
보살 팬심이 있다는 사실을.

2025 시즌, 보살 팬심이 활짝 꽃 핀 해

"산고를 겪어야 새 생명이 태어나고, 꽃샘추위를 겪어야 봄
이 오며, 어둠이 지나야 새벽이 온다." ― 백범 김구

2025 시즌.
지금도 지난해를 떠올리면
가슴 한가운데가 시원해진다.
이건 단순히
야구를 잘해서 생긴 감정이 아니다.
승패 몇 개로 설명할 수 있는 해도 아니다.
30년 묵은 체증이 한 번에 내려간 해.
보살 팬심이 활짝 꽃 핀 해.
그게 2025 시즌이었다.

한화이글스를 오래 응원한 사람이라면 안다.
기대는 늘 조심스러웠고
희망은 늘 소심했다.

"설마…"
"아직은…"
"이러다 또 무너지겠지…"
이 말들이
자동으로 튀어나오는 몸이 되어 있었다.

그런데
2025 시즌은 달랐다.
이상하게도
지난해의 한화는
처음부터 완벽하지 않았다.
압도적인 우승 후보도 아니었고
모든 경기를 시원하게 이기지도 않았다.
오히려
자주 흔들렸고,
끝까지 가봐야 알 수 있었고
마지막 아웃카운트까지
팬들 심장을 쥐락펴락했다.

그런데도
그게 좋았다.
왜냐면
각본이 없었기 때문이다.
2025 시즌 한화 야구는

누가 봐도
"이건 계획된 이야기다"
라고 말할 수 없는 경기들의 연속이었다.
이길 것 같으면 졌고
질 것 같으면 이겼고
이미 끝났다고 생각한 순간에 뒤집었다.

그때마다
팬들은 동시에 같은 말을 했다.
"야… 이거 뭐냐?"
그 말속에는
놀람도 있었고
웃음도 있었고
조심스러운 설렘도 있었다.

사실 우리는
너무 오래 기다려왔다.
잘하면 좋겠다는 마음을
말로 꺼내지 못한 시간이 길었다.
괜히 말했다가
민망해질까 봐.
괜히 기대했다가
더 아플까 봐.

그런데 2025 시즌은
그 말을
조심스럽게 입 밖으로 내게 만들었다.
"이번엔…
진짜 다를지도 몰라."
야구장에서
팬들 표정이 달라졌다.
지면 분노하던 얼굴이 아니라
경기를 읽고
상황을 계산하고
끝까지 보려는 얼굴이 많아졌다.
지는 날에도
"그래도 괜찮다"는 말이
처음으로 자연스럽게 나왔다.
그건 체념이 아니라
신뢰였다.
무엇보다 놀라운 건

이 팀이
팬들에게
즐길 권리를 돌려줬다는 점이다.

그동안 한화 팬에게
야구는 시험 같았다.
견뎌야 했고
통과해야 했고
끝나면 탈진했다.
2025년의 야구는 달랐다.
웃으면서 봤고
소리 지르면서 봤고
끝나고 나서도
이야기하고 싶어졌다.

사람들이 말한다.
"야구는 결국 결과 아니냐"라고.
하지만
2025년의 한화는
결과 이전에 과정을 선물했다.
매 경기마다
"오늘은 어떤 이야기가 나올까"
기대하게 만들었다.
이건

우승 트로피보다
더 귀한 경험이었다.
그래서 이 해는
한화이글스 역사에만
기념비적인 게 아니다.
내 인생에도
기념비적인 해였다.
야구를 보며
다시 설레도 되는구나.
기대해도 괜찮구나.
끝까지 믿어도 되겠구나.
그걸
다시 배운 해였다.

이제
그 각본 없는 드라마를
다시 한번
천천히 돌려보려 한다.
잘했던 순간도
아찔했던 순간도
심장이 내려앉았던 장면도
모두 꺼내 보려 한다.

이 책은

그 기억들을
다시 즐기는 시간이다.
우리가 왜
지난해를 잊지 못하는지.
그리고 왜
지난해 이후로
한화를 더 사랑하게 됐는지.

야구도 인생도 각본 없는 드라마

"야구는 모른다." — 하일성
"인생은 각본이 없다." — 사르트르

야구 경기는 대본이 없다.
유력한 선수가 삼진을 당하고
예상치 못한 타자가 끝내기를 친다.
야구는 계산대로 움직이지 않는다.

인생도 그렇다.
준비한 계획은 무너지고
뜻밖의 장면이 운명을 바꾸기도 한다.

한화의 시간은
예측이 아니라 변수의 연속이다.
연승도 각본이 아니고
연패도 각본이 아니다

누가 10연승을 예측할 수 있었겠는가.
누가 다 이긴 경기에서 역전패를 당할 줄 알았겠는가.
역전승도, 역전패도 예정된 장면이 아니다.
우리는 알 수 없다.
그래서 각본 없는 드라마다.

"삶은 예측이 아니라 참여다."—키에르케고르

관중석에 앉아 결과를 예언하는 일은 쉽다.
그러나 그라운드에 서는 순간
모든 계산은 무력해진다.

야구는 참여하는 자의 것이다.
인생도 마찬가지다.
완벽한 시나리오는 없다.

한화의 시간은
분석보다 발걸음이다.
각본이 없기에
우리는 뛰고, 던지고, 외친다.

드라마는
지켜보는 자가 아니라
뛰는 자의 몫이다.

“위대한 순간은 예고 없이 찾아온다.” — 세네카

끝내기는 예고 없이 찾아온다.
9회 말 투 아웃
모두가 체념한 순간.
공 하나가 이야기를 바꾼다.

야구는 예측 불가능성의 예술이다.
인생도 갑작스러운 전환점에서 방향을 튼다.
한화의 시간은
그 뜻밖의 순간을 위해
조용히 쌓여 온 시간이다.

각본이 없기에 감동이 있다

“끝날 때까지 아무도 모른다.” — 요기 베라

마지막 아웃카운트가 올라가기 전까지
결론은 없다.
점수 차도, 분위기도, 예측도 모두 잠정적이다.

야구도 모른다.
인생도 모른다.
그래서 우리는

중간에 결론을 내리지 않는다.

한화의 시간은
끝까지 지켜보는 시간이다.
각본 없는 드라마는
끝까지 본 자에게만 완성된다.

그래서 우리는
이글스 극장의 드라마 속에 있다.

야구도 인생도 마리한화!

한국 사회는 왜 보살 팬심에 열광하는가

왜 우리는 한화를 사랑하는가.
한화이글스는 강팀이 아니었다.
승률로 보면 설명되지 않는 팀이다.
그럼에도 불구하고
사람들은 이 팀을 떠나지 않았다.
오히려 더 깊이, 더 오래, 더 뜨겁게 사랑했다.
이 현상은 단순한 스포츠 팬덤이 아니다.
이것은 하나의 사회적, 철학적 사건이다.

운은 결과가 아니라 관계에서 발생한다

보통 사람은 말한다.
"운이 좋으면 이긴다"
하지만 보살 팬심은 다르게 말한다.
"운은 같이 버티는 곳에 붙는다"
운은 고정된 것이 아니다.
운은 흐른다.

그리고 그 흐름은
관계 속에서 생성된다
한화 팬덤은
패배 속에서도 관계를 유지했다.
그 결과,
극적인 8회
기적 같은 역전
예측 불가능한 서사
이것이 만들어졌다.
이것이 바로
운칠기삼의 진짜 구조다

한국사회는 왜 보살 팬심에 열광하는가

현대인은 피로하다.
경쟁에 지쳤고
비교에 무너졌고
성과에 갇혀 있다
이때 보살 팬심이 등장한다.
보살 팬심은 말한다.
"괜찮다. 너도 나도 부족하다."
이것은 위로가 아니다.
존재 승인이다.
현대인은

잘해서 사랑받고 싶어 한다.
하지만 보살 팬덤은 다르게 말한다.
"못해도 함께 간다"
이것이 바로
지금 현대사회가 갈망하는 오아시스다.

보살 팬심의 철학적 구조

보살 팬심은 감정이 아니라 구조다.
승패에 집착하지 않음
팬과 팀은 분리되지 않음
지금은 져도 괜찮다
이기지 않아도 존재는 의미 있다.
보살 팬심은 가르친다.
무위 → 억지 기대 없음
자연 → 흐름을 받아들임
"되는 날도 있고 안 되는 날도 있다"
인간은 관계 속에서 존재한다.
팀은 팬과 함께 존재한다.
이기고 지는 것보다 관계의 밀도가 더 중요하다.

보살 팬심이 한국 사회에 던지는 질문

보살 팬심은 묻는다.

우리는 왜 이겨야만 인정받는가?
우리는 왜 실패를 견디지 못하는가?
우리는 왜 관계보다 결과를 우선하는가?
한화 팬덤은 답한다.
"그래도 같이 가자."

야구는 인생이고 인생은 관계다

한화 야구는 수준으로 설명되지 않는다.
이야기로 설명된다.
그리고 그 이야기의 핵심은 하나다.
관계
이겨도 함께
져도 함께
무너져도 함께
이것이 바로
보살 팬심이다

"한화는 강해서 사랑받는 팀이 아니라,
함께 버텨왔기 때문에 사랑받는 팀이다."
"야구는 결과가 아니라 관계이고,
인생 또한 그렇다."

팬덤 문화는 시대의 대세다

팬심은 어느 팀이나 뜨겁다.
보살 팬심은 한화이글스에서
싹이 텄으나 이제 모든 팀으로
확산되고 있다.
더 나아가
한국 사회의 새로운 팬덤 문화
공동체의 가치로 확산되고 있다.
이것이
보살 팬심에서 배워야 할 삶의 철학이고
사회적 가치이다.

보살 팬덤, 야구의 시대를 바꾸다

요즘 프로야구를 움직이는 힘은 단순한 승패가 아니다.
야구를 문화와 놀이로 즐기는 새로운 팬덤이다.
특히 MZ세대에게 야구는 더 이상 기록과 순위만 따지는 스
포츠가 아니다.
야구장은 경기장이면서 동시에 놀이터이자 축제 공간이다.
친구들과 맥주를 마시고, 응원가를 부르고,
사진을 찍고, SNS에 올리고, 좋아하는 선수의 이야기를 함께
나누는 문화 콘텐츠의 현장이다.
이들에게 야구는 '이겼다, 졌다'의 문제가 아니다.
같이 즐기는 경험이다.

야구장은 새로운 놀이공원

요즘 대전한화생명볼파크를 가 보면 분위기가 조금 다르다.
경기 시작 두 시간 전부터 사람들이 모인다.
야구만 보러 온 것이 아니다.
응원석에서 사진을 찍고

굿즈를 사고
치킨과 맥주를 나누며
"오늘 누구 선발이야?" 하고 이야기한다.
야구장은 이제
단순한 스포츠 경기장이 아니라
도시의 축제 공간이 되었다.
MZ세대에게 야구는
힙한 문화 콘텐츠다.
그래서 경기의 승패보다
경험의 재미가 더 중요하다.

팬덤 야구의 탄생

이 새로운 야구 문화를 설명하는 말이 있다.
팬덤 야구.
팬들은 단순히 팀을 응원하지 않는다.
선수의 서사를 응원한다.
어린 유망주가 등장하고
실수하고
다시 성장하는 과정.
이 과정을
마치 아이돌 육성 시뮬레이션처럼 즐긴다.
한화 팬들이
문동주를 처음 봤을 때도 그랬다.

빠른 공.
하지만 아직 미완성.
팬들은
실수를 비난하기보다 성장을 기대했다.
정우주가 등장했을 때도 마찬가지였다.
"애 크게 되겠다."
"지금은 경험 쌓는 중이야."
팬들은
선수를 평가하기보다 이야기를 함께 키운다.
이것이
팬덤 야구다.

보살 팬덤의 힘

한화이글스 팬덤은
오랫동안 독특한 문화로 유명했다.
연패 속에서도
야구장을 떠나지 않는 팬들.
그래서 붙은 별명.
보살 팬.
하지만 요즘 그 별명은
다른 의미로 읽힌다.
보살 팬심은
단순히 참고 견디는 팬심이 아니다.

선수의 성장 서사를 함께 키우는 팬덤이다.
실책이 나오면 욕하는 대신
이렇게 말한다.
"괜찮다. 다음엔 잘하면 된다."
그 말속에는
한 시즌이 아니라
선수의 미래를 보는 시선이 있다.

승패를 즐기는 법

이런 팬덤은
패배에도 조금 다르게 반응한다.
물론 지면 아쉽다.
하지만 그 감정이
분노로 이어지지는 않는다.
대신 이렇게 말한다.
"그래도 오늘 경기 재밌었다."
"다음 경기 기대된다."
야구는
원래 실패가 많은 스포츠다.
타자는 세 번 중 한 번만 성공해도
좋은 선수다.
그래서
야구를 오래 본 사람들은 안다.

실패도 이야기의 일부라는 것.

한화가 보여준 새로운 야구 문화

한화이글스는 한동안 성적이 좋지 않았다.
그럼에도 불구하고
대전한화생명볼파크는 늘 사람들로 가득했다.
왜일까.
팬들이
단순히 승리를 소비하는 것이 아니라
이야기를 소비했기 때문이다.
문동주의 성장.
노시환의 홈런.
문현빈의 등장.
정우주의 데뷔.
이 모든 순간 팬들에게는 한 편의 드라마였다.
야구는 각본 없는 드라마라고 말한다.
하지만
팬덤 야구는 그 드라마를
팬과 선수와 도시가 함께 쓰는 이야기로 바꾼다.

1,200만 관중의 시대

프로야구 1,200만 관중 시대.

이 기록의 배경에는 분명한 변화가 있다.
야구를 단순한 스포츠가 아니라
문화 콘텐츠로 소비하는 새로운 세대의 등장이다.
그들은 순위표만 보지 않는다.
선수의 캐릭터를 보고
응원 문화를 즐기고
팬덤 활동을 한다.
그리고 그 흐름 속에서
가장 상징적인 팀이 바로 한화이글스다.

팬이 만드는 팀

결국 스포츠는 팬이 만든다.
선수가 경기를 하고
구단이 팀을 운영하지만
팀의 이야기를 만드는 것은 팬이다.
그래서 한화이글스는 단순한 야구팀이 아니다.
팬덤이 만든 이야기의 팀이다.
오늘도
대전의 밤에
수많은 사람들이
오렌지 유니폼을 입고
야구장을 찾는다.
그들은

승리만 보러 온 것이 아니다.
이야기를 보러 왔다.
야구도 인생도 마리한화….
이 이야기는
아직 계속되고 있다.

왜 프로야구 열풍의 중심에 한화가 있는가

프로야구가 역대급 인기를 누리고 있다.
2025 시즌, 관중은 1,200만 명을 넘었다.
이제 1,300만 명의 고지를 향해 달린다.

그 뜨거운 파도의 한가운데
한화이글스가 서 있다.

성적만으로는 설명되지 않는
이 이상한 열기.
화려하지 않은 성적표 위에
왜 이렇게 많은 사람들이 모여드는가.

혹시
"행복은 성적순이 아니다"라는 그 오래된 문장이
야구장에도 통하는 걸까.

보살 팬심, 그 뜨거운 에너지

지겹도록 긴 연패 속에서도,
꼴찌를 전전하던 시간 속에서도
오렌지빛 유니폼은 사라지지 않았다.
한화 팬들은 떠나지 않았다.
사람들은 그들을
'보살'이라 부른다.

아낌없이 주는 사랑
조건 없이 건네는 박수.

이 치열한 경쟁 사회 한복판에서
남들보다 조금이라도 앞서려는 세상 속에서
그들의 응원은
사막 속 오아시스처럼 반짝인다.

팬심이 또 다른 팬심을 부르고,
그 열정이 지금의 프로야구를 밀어 올린다.

한화 야구가 준 선물, 공동체의 회복

스포츠는 점수 이상의 힘을 가진다.
서로 다른 사람들이 한자리에 모여
같은 노래를 부르고
같은 한숨을 쉬며
같은 환호를 터뜨리는 순간
우리는 잠시 '함께 사는 세상'을 느낀다.

이것이 야구가 우리에게 주는
가장 큰 선물 아닐까.

이제 구단이 답할 차례다

우승컵은 중요하다.
그러나 그것만으로는 부족하다.

야구장은 더 넓어야 하고
좌석은 더 따뜻해야 한다.
외야석은 넓고 저렴하게 만들어
청소년과 어르신이

부담 없이 드나들 수 있어야 한다.

5천 원, 1만 원의 자리에서도
웃음이 피어날 수 있도록.
야구를 보는 것뿐만 아니라
사랑받는 경험을 할 수 있도록.

보살 팬심

한화 팬들을 이야기할 때
사람들이 가장 많이 쓰는 말이 있다.
보살 팬심.
처음에는
조금 장난처럼 시작된 말이었다.
연패 속에서도
응원을 멈추지 않는 팬들.
패배 뒤에도
야유 대신 박수를 보내는 팬들.
그 모습을 보며
사람들이 웃으며 말했다.
"저건 보살이다."
하지만
시간이 지나면서
이 말은 조금 다른 의미가 되었다.

보살이라는 말에는
원래 이런 뜻이 있다.
다른 사람을 위해
조금 더 기다리는 존재.
조금 더 품어주는 존재.
조금 더 버티는 존재.
야구장에서
그 마음이
다른 이름으로 나타났다.
보살 팬심.
한국 사회는
빠른 사회다.
성과를 요구한다.
결과를 요구한다.
승리를 요구한다.
하지만
야구장은 조금 다르다.
여기서는
조금 느리게 살아도 된다.
패배해도 괜찮다.
다음 경기가 있기 때문이다.
그래서
야구장은
한국 사회가 잃어버린

어떤 감정을 보여준다.
함께 버티는 마음.
함께 기다리는 마음.

36

한화 팬은 어떻게 전국구가 되었나

한화 팬은
대전에만 있지 않다.
오히려
전국에 흩어져 있다.
서울, 수도권, 지방 소도시...
원정 구장마다 주황색은 있다.
이유는 단순하다.
한화 팬이 되는 계기는
지역이 아니라
이야기이기 때문이다.
누군가는
연패 시절의 투혼에 끌렸고,
누군가는
보살 팬 문화에 웃었고
누군가는
각본 없는 경기력에 빠졌다.

이 팀은
승리보다 이야기를 쌓았다.
그래서 팬은
지역을 넘어 이야기를 따라 이동한다.

원정석에서 더 단단해지는 팬심

한화 팬의 진짜 얼굴은
원정석에서 드러난다.
홈보다
원정에서 더 크게 웃고,
더 크게 소리 지른다.
원정석은 늘 불리하다.
숫자도 적고
소리도 묻히고
질 확률도 높다.
그런데도
한화 팬은 원정 구장을 간다.
왜일까.
원정석은 증명하는 자리이기 때문이다.
"우리는 여기까지 왔다."
이 팀을
말로만 좋아하는 게 아니라
몸으로 왔다는 증거.

그래서 원정석에서
팬심은 더 단단해진다.

직관 응원 문화가 전국을 움직이다

야구는 지금 변하고 있다.
이 변화의 핵심은
경기력도, 스타도 아니다.
팬이다.
그중에서도
한화이글스 팬덤이 만들어낸 '보살 팬심'은
단순한 응원 문화를 넘어
하나의 구조로 자리 잡고 있다.
지고도 떠나지 않는 마음.
무너져도 다시 돌아오는 선택.
이것은 감정이 아니라
지속의 방식이다. 이 방식이
지금 KBO 전체로 확산되고 있다.

한화에서 시작된 변화

한화 팬은
결과로 움직이지 않는다.
이기는 날만 찾는 팬덤이 아니라
함께 가는 팬덤이다.
이 차이는 결정적이다.
결과 중심의 팬덤은
성적이 무너지면 흔들린다.
하지만
관계 중심의 팬덤은 무너지지 않는다.
이 구조가
지금 다른 팀으로 퍼지고 있다.
이제 팬들은
단순히 응원하지 않는다.
같이 버틴다.
이 변화가
KBO의 판을 바꾸고 있다.

직관 문화의 전국화

이 흐름은
곧바로 행동으로 이어진다.
기차표 매진.

입석까지 동원.
추가요금 감수.
야구를 보기 위해 사람들이 이동한다.
전국 기차역이 유니폼 물결이다.
이건 단순한 열기가 아니다.
전국적 직관 문화로의 전환이다.
이것이 가능하게 하는 된 일은
ktx의 전국 3시간 생활권이다.
과거의 야구는
지역 안에서 소비됐다.
지금의 야구는
지역을 넘어 이동한다.
팬들은
팀을 따라 움직인다.
이 순간
야구는 지역 스포츠를 벗어난다.
전국형 공동체가 된다.

중심으로 떠오른 대전

이 흐름이
집중되는 곳이 있다.
대전이다.
대전역.

그리고 한화생명볼파크.
이 두 지점이 지금 한국 야구의
실질적 허브가 되고 있다.
이건 감정이 아니라 구조다.
수도권에서 1시간 30분 대
대전역 접근 가능.
남부권에서도 연결 가능.
전국 어디서든
당일 직관이 가능한 유일한 위치.
그래서
사람들이 모인다.
대전은
야구를 '만나는 도시'가 되고 있다.

보살 팬심의 확산

한화에서 시작된 보살 팬심은
이제
한 팀의 문화가 아니다.
리그 전체의 흐름이 되고 있다.
팬들은 이기는 팀만 찾지 않는다.
같이 갈 팀을 찾는다.
이 변화는
야구의 본질을 바꾼다.

성적 중심 스포츠에서 관계 중심 스포츠로.
그리고
이 변화의 출발점에 한화이글스가 있다.

KBO가 읽어야 할 신호

이 흐름은 명확한 신호다.
팬이 먼저 움직였다.
이제
리그가 따라가야 한다.
예매 시스템.
암표 문제.
접근성 개선.
이것을 해결하지 못하면 이 흐름은 꺼진다.
하지만 잡아내면
한국 프로야구는
완전히 다른 단계로 올라간다.

지금
야구의 중심은 이동하고 있다.
그리고 그 중심에 대전이 있다.
기차가 모이고
사람이 모이고
시간이 모인다.

한화의 보살 팬심은
이제 한 팀의 이야기가 아니다.
전국을 움직이는 힘이 되었다.
야구는
이기는 경기에서
함께 가는 문화로 바뀌고 있다.
그 변화의 한가운데
대전역이 있고
한화생명볼파크가 있다.
이건 유행이 아니다.
구조의 변화다.
그리고
이 변화는 이미 시작됐다.

왜 한화엔 연예인 팬이 이렇게 많을까

이상하다.
성적이 압도적 1위도 아니었다.
왕조도 아니었다.
그런데 연예인, 방송인 팬 숫자는 리그 최고다.

한화 이글스.
이 팀에 왜 이렇게 스타들이 모일까?

이름만 봐도 라인업.
남희석, 강석우, 김성주, 김희선, 정준호, 조인성, 송중기, 박
보영, 차태현, 인교진, 정성일….

이 정도면
연예계 올스타전이다.
심지어 성적이 바닥일 때
더 똘똘 뭉쳤다.

왜일까?

연예인은 '스토리'에 반응한다

연예인은 감정으로 산다.
사랑도 받고, 비난도 받는다.
무대 위에서 박수받고
다음 날 기사로 까이기도 한다.
그런 삶을 사는 사람들이
'보살 팬심'에 꽂힌다.

남희석은 한 방송에서 말했다.
"한화는 이겨도 좋고, 저도 같이 가는 팀이에요."

김성주는 웃으며 말했다.

"성적은 들쭉날쭉인데, 정은 꾸준해요."

이게 핵심이다.
한화는 완벽한 팀이 아니라
인간적인 팀이다.

꼴찌에게도 갈채는 있다

연예인들은 안다.
박수는 1등만 받는 게 아니라는 걸.
무명 시절
비난받던 시절
그 시간을 버텨 본 사람은
인고의 팬심이 뭔지 안다.

한화는 늘 희망을 말했지만
현실은 쉽지 않았다.
그 비애가 오히려 매력이다.

지역 색에서 자유로운 팀

대한민국에는 오랜 지역감정이 있다.
영남과 호남, 서울과 지방.
하지만 한화는 충청이다.
완충지대이고, 중립지대다.

전국 단위로 활동하는 연예인에게
가장 부담 없는 선택이다.
응원해도 누구의 편을 드는 느낌이 아니다.
그냥 야구를 사랑하는 선택이다.
스타가 응원하면 팬이 따라온다
조인성이 대전에 나타나면
SNS가 들썩인다.
김준호가 한화 유니폼을 입으면
댓글이 폭발한다.

연예인이 팀을 꾸준히 응원하면
그 팬들도 자연스럽게 팀을 본다.
이게 '연예계 한화 리그'의 힘이다.

2025 시즌, 인기 1위의 해

성적은 2위.
인기는 1위.
매진율 1위, 시청률 1위.

보살 팬들이
처음으로 오래 웃었던 시즌이었다.

연예인 팬들이 만들어 낸 관심
팀이 만들어 낸 반등.
그리고 하나의 메시지.

"한화는 함께 견디는 팀이다."

결국 이거다

한화 팬덤은
성적만 보고 움직이지 않는다.
끈질김, 중립성, 서사, 연대감.
팬이 팬을 부른다.

연예인이 응원한 게 아나라
공감했기 때문이다.

이기는 팀은 많다.
하지만 끝까지 같이 가는 팀은 많지 않다.
그래서 연예인도, 청춘도, 보살도
오늘도 말한다.

"한화는… 그냥 못 떠난다."

야구특별시, 대전이 뜬다

잘 있거라, 나는 간다
이별의 말도 없이
떠나가는 새벽 열차
대전발 영시 오십 분
~

대전은 대한민국 한가운데
사통팔달 교통의 심장이다.

경부선으로 갈까.
호남선으로 갈까.
서울로 갈까.
부산으로 갈까.
아니면 광주로 갈까.

대전역 플랫폼에 서면
기적 소리가 울리고

마음이 흔들린다.

어디로 갈까?

대전역에서 추억 한 줄 없는 사람
과연 있을까.

이제 대전은
야구의 플랫폼이 되어 가고 있다.
KTX를 타면 전국 어디서든
1시간 반 안에 '찍!' 도착한다.

당일 직관도 문제없다.
보고, 응원하고, 다시 집으로.
완벽한 야구 여행 코스다.

지난해 대전 한화생명볼파크는
서울, 부산, 대구, 광주, 인천, 수원, 창원 팬들로 꽉 찼다.
3루 내야석은
전국 각지에서 온 응원팀 유니폼으로 물결쳤다.
대전역 광장은
매일이 페스티벌이다.
응원 봉이 반짝이고
노래가 울려 퍼진다.

대전은 이제 야구의 도시다.
야구로 날이 밝고
야구로 하루가 저무는 곳.

'대전 블루스' 시대.
지금 막 시작됐다.

충청이 대한민국 통합의 허브가 된다

대한민국의 허리는 늘 조용히 흔들렸다.
서울로 기울어진 그림자 아래
사람들은 떠나고, 간판은 바래 갔다.

그런데 어느 날
야구장의 불빛이 먼저 켜졌다.
오렌지빛 함성 하나가
비어 있던 상가의 셔터를 조금 올리고,
기차는 다시 사람을 싣고 대전으로 들어왔다.

우리는 처음으로 묻는다.
중심은 꼭 위에 있어야 하는가.

허리가 단단해질 때
비로소 한 나라가 곧게 선다는 것을
늦게 배운 밤이다.

한화이글스 열풍, 야구를 넘어 지방의 미래로

야구가 도시를 살릴 수 있을까?
열풍을 일으킨 한화 이글스를 보면
그 질문이 더 이상 허황되지 않다.

한화의 상승세는 단순한 스포츠 흥행이 아니다.
이건 지역 이야기다.
그리고 어쩌면
대한민국 구조를 바꾸는 힌트일지도 모른다.

야구가 돈이 된다고?

"야구가 경제에 무슨 도움이 돼?"
이렇게 생각할 수 있다.
그런데 실제 숫자는 다르다.
현대경제연구원은
프로야구의 소비지출 효과가 1조 원 이상이라고 분석했다.

이게 무슨 뜻일까?
야구장 티켓, 유니폼과 굿즈, 주변 식당과 카페,
교통과 숙박, 광고와 방송 산업.
야구 한 경기가 도시 전체를 움직인다.
프로스포츠는 이제 오락이 아니라 산업이다.

믿음이 만든 반전

한화를 품은 한화그룹 계열사들이
올해 주식시장에서 좋은 성과를 냈다는 점도 눈에 띈다.
오랜 시간 하위권을 맴돌던 구단을
끝까지 지원한 김승연 회장의 뚝심.

'뚝심 경영'이 결국 꽃을 피웠다는 평가가 나온다.

야구도 그렇다.
한 시즌 잘한다고 끝이 아니다.
오래 믿고 가는 팀이 결국 강해진다.

왜 충청권이 중요한가

지금 대한민국은
서울과 수도권에 너무 많은 것이 몰려 있다.
사람도, 기업도, 문화도.

그래서 생긴 말이 '지방 소멸'이다.

그런데 한화의 전국적 팬덤이
대전을 중심으로 한 충청권을
다시 주목받게 하고 있다.

야구장은 사람이 모이는 공간이다.
사람이 모이면 소비가 생기고
소비가 생기면 도시가 살아난다.

한화의 돌풍은
중부권이 대한민국의 허리이자 허브가 될 수 있다는 신호다.

야구가 만드는 통합

야구는 지역 라이벌도 있지만
동시에 전국 팬을 하나로 묶는다.
서울 팬도, 부산 팬도, 광주 팬도, 대전 팬도
같은 시즌을 살아간다.

한화의 힘찬 전진은
단순한 팀 성적을 넘어
'지방도 주인공이 될 수 있다'는 메시지다.

서울만 중심이 아닌 대한민국.
중부권이 연결고리가 되는 나라.
그 시작점에 한화가 있다.

야구는 가능성을 보여준다

지방 소멸이라는 흉흉한 이야기가 도는
이 시대에
한화는 증명했다.

포기하지 않으면
판은 바뀔 수 있다는 것을.

도시도 그렇다.
지방도 그렇다.
사람도 그렇다.

한화이글스의 열풍은
단순한 스포츠 뉴스가 아니다.
그건 질문이다.

"대한민국의 다음 중심은 어디인가?"

그리고 지금,
그 답이 대한민국의 허리, 충청권에서 시작되고 있다.

뚝심의 경영인 김승연 회장이 만든
'한화이글스 드라마'

"프로는 생명을 걸고 싸우는 사람이다."

김승연 회장은
한화 이글스가 1999년 이후 오랜 침체를 딛고 재도약할 때
선수단을 향해 이 말로
투지와 책임감을 강조했다.

프로의 진심

프로라 부르는 그 이름은
허공에 걸어 놓은 훈장이 아니다.
밥벌이의 자리에서
목숨처럼 진심을 거는 사람,
그가 바로 프로다.

타자의 눈을 마주하고

두려움을 삼키며
공을 던지는 손.
그 손끝에서
한 시대의 숨이 튄다.

생명을 건다는 건
패배를 두려워하지 않는다는 뜻이고
도망치지 않는다는 뜻이다.

그 불꽃이
오늘도 그라운드를 밝힌다.

한화이글스를 전국구 구단으로 만든 힘

한화이글스를 전국구 구단으로 만든 힘
그 중심에는 한 사람의 뚝심이 있다.
그 이름, 김승연.

스물아홉 살
인생이 이제 막 시작될 나이에
그는 부친의 갑작스러운 별세로
거대한 그룹의 키를 잡았다.

누구는 무너졌을 자리에서

그는 버텼다.
그리고 '뚝심 경영'으로
한화그룹을 대한민국 대표 기업으로 키워 냈다.

뚝심은 말보다 느리지만
끝내 이긴다.
그 철학을 그대로 닮은 팀이
바로 한화이글스다.

향토에서 피어난 야구 사랑

김승연 회장의 뚝심 철학은
그냥 생긴 것이 아니다.

그의 아버지, 김종희 한화그룹 창업주는
충청도 천안의 아들이었다.
고향을 사랑해 직접 세운 학교가
바로 천안북일고다.

지금은 '야구 명문고'로 불리는 그 학교에서
충청 야구의 불씨가 피어올랐다.
그 불씨는 세대를 넘어
김승연 회장의 마음속에서 다시 타올랐다.

그가 한화이글스를 통해 이어 간 것은
단순한 구단 운영이 아니라
고향과 사람에 대한 신념이었다.

뚝심은 의리에서 완성된다

뚝심 있는 사람은 대체로 의리도 있다.
김승연 회장은 그걸 증명했다.

야구 영웅 최동원 선수가 세상을 떠났을 때
그는 조용히 장례비 전액을 부담했다.
세상은 그것을 '의리'라 불렀다.
하지만 김승연 회장에게는
그저 '사람의 도리'였다.

그 넉넉한 마음이
한화이글스의 팀 색깔이 되었다.
뚝심과 의리.
그 두 단어가 한화의 핏속에 흐른다.

'승리 요정'이라 불리는 이유

팬들 사이에서 김승연 회장은
'승리 요정'이라 불린다.

대전 한화생명볼파크에 그가 나타나는 날이면
이상하게도 이글스가 이긴다.
마치 팀 전체에
에너지 부스터를 꽂아 주는 사람 같다.

선수들은 말한다.
"회장님이 오시면, 괜히 더 힘이 나요."

그건 단순한 우연이 아니다.
뚝심의 에너지가 팀 전체를
진심으로 움직이기 때문이다.

올해, 다시 한번 기적을 기대하며

한화이글스는 한때 하위권에 머물렀지만
그 긴 어둠의 시간 동안에도
김승연 회장은 단 한 번도 등을 돌리지 않았다.

"한 번 믿었으면 끝까지 간다."

그 철학이 오늘의 한화를 만들었다.
뚝심은 결국 이긴다.
한화이글스의 불타는 오렌지색에는
그 믿음의 색이 스며 있다.

지난해보다 더 뜨겁게
그 뚝심이 우승이라는 이름으로 피어나길 바란다.

"뚝심은 결국 빛난다.
한화의 불꽃처럼 꺼지지 않는다."

뚝심의 불빛

스물아홉의 밤은
갑자기 가장이 된 청년의 어깨처럼 무거웠다.
무너질 수도 있었던 자리에서
그는 오래 버티는 법을 배웠다.

말은 적고
시간은 길었고
계절은 몇 번이나 바뀌었다.

고향의 흙냄새는
대전의 운동장에 남아
조용히 불씨를 키웠다.

사람 하나를 끝까지 믿는 일
떠난 이를 예로 보내는 일
그 느린 마음이

팀의 색이 되었다.

대전의 밤
그가 관중석 어딘가에 앉아 있을 때
선수들은 이유 없이 조금 더 달렸다.

뚝심은 환호보다 늦게 오지만
한 번 켜지면 쉽게 꺼지지 않는 불빛이다.
오렌지색 불꽃은
오늘도 바람 속에서 조용히 타오른다.

한화이글스의 씨앗을 심은 위인, 김종희

"책임은 도망가지 않는다."— 김종희

책임은 도망가지 않는다.
도망치는 것은 사람이다.

전쟁의 그을음이 가시지 않던 1950년대,
그는 가장 거칠고 위험한 산업을 택했다.
쉽게 돈 버는 길 대신
나라의 바닥을 다지는 길.

화약은 폭발을 품고 있지만
그의 선택은 도피가 아니었다.
위험을 감수하는 일이
곧 나라를 세우는 일이라 믿었다.

사업은 장사가 아니라
보국報國이어야 한다는 생각.

기업은 이익 이전에
책임이라는 뿌리를 가져야 한다는 신념.

1977년
폭발의 밤이 도시를 흔들었을 때
그는 변명 대신 결단을 택했다.
전 재산에 가까운 보상금
말이 아니라 행동으로 남긴 약속.

책임은 도망가지 않는다고
그는 몸으로 썼다.

천안의 들판에 학교를 세운 것도
같은 이유였다.
사람을 키우는 일은 시간이 오래 걸리지만
가장 멀리 가는 투자라는 믿음.

기업은 건물을 남기지 않는다.
신뢰를 남긴다.

한 사람의 결단이
한 도시의 학교가 되고
한 학교의 운동장이
한 구단의 씨앗이 되고

그 씨앗이 다시
수많은 사람의 꿈이 된다.

책임은 도망가지 않는다.
도망치지 않은 사람만이
역사를 남긴다.

한화이글스를 좋아하는 팬이라면
한 번쯤 이런 생각을 해 봤을 것이다.
"한화는 왜 야구를 이렇게 오래, 끝까지 붙잡고 있을까?"

그 뿌리를 따라가면
한 사람에게 닿는다.
한화그룹 창업주 고 현암 김종희 회장.

그는 단순히 회사를 만든 사람이 아니라
향토 사랑을 실제 행동으로 증명한 기업가였다.

쉽게 돈 버는 길 말고, 나라에 필요한 일을 택했다

김종희 회장은 1952년
한국화약(현 ㈜한화의 뿌리)을 세웠다.
주변에서 "소비재를 하면 돈 벌기 쉽다"는 말이 있어도
그는 산업의 바닥을 만드는 화약 사업을 택했다.

이 선택의 핵심은 한 줄이다.

'사업으로 나라에 보탬이 되자(사업보국·기업보국).'

한화기념관도
김종희 회장의 창업 정신을
이런 방향으로 설명한다.

"나만 잘 사는 장사 말고,
다 같이 커지는 기반을 만들자."

1977년 이리역 폭발 사고, '전 재산'으로 책임을 선택했다

진짜 중요한 장면은
성공할 때가 아니라
큰 사고가 났을 때 드러난다.

1977년 11월 11일 밤,
이리역(현재 익산)에서 열차 폭발 사고가 발생했다.
당시 한국화약은 엄청난 위기에 직면했다.

그때 김종희 회장이 보인 태도는
길이길이 회자된다.
그는 책임을 회피하지 않았고

자신의 전 재산으로 알려진 90억 원을
피해 보상에 내놓는 결단을 했다.

이 장면이 왜 위대한가.
단순한 기부 미담이 아니라
경영의 원칙이기 때문이다.

"기업이 만든 위험이라면
기업이 끝까지 책임져야 한다."

한화라는 이름에 붙은 신뢰의 뿌리는
사실 여기서 생겼다.

천안북일고를 세우다

김종희 회장의 향토 사랑은
장학금 몇 번 주고 끝나는 방식이 아니었다.
그는 아예 교육의 판을 만들었다.

충남 천안에 학교법인 천안북일학원이 세워지고
천안북일고가 지역의 상징이 된 배경에는
김종희 회장의 향토 사랑이 있었다.
그리고 이 학교 야구는
시간이 지나 한화이글스의 선수 산실이 된다.

이상군, 김태균, 문현빈 같은 프랜차이즈 스타의 계보
‘북일고 → 한화’로 이어지는 서사는 우연이 아니다.

‘지역을 키우면 팀도 자란다’라는 믿음을
김종희 회장이 먼저 심어 둔 셈이다.

김종희식 위대한 기업가 정신

쉬운 길보다 필요한 길을 택했다.
사고가 나면 핑계 대신 책임을 선택했다.
돈을 쌓는 것보다 사람을 키우는 곳에 심었다.
위기 앞에서 숨지 않고 정면 돌파했다.
결국 남는 건 성과가 아니라 신뢰라는 것을 증명했다.

그래서 김종희는 한화이글스에
‘야구의 씨앗을 뿌린 선구자’다.

한화이글스의 팬심을
‘보살 팬’이라 부르기도 한다.
그건 단순히 오래 져서 생긴 별명이 아니다.

책임을 피하지 않는 문화
지역에 뿌리내리는 문화
사람을 키우는 문화.

이 세 가지가 만나면
팬덤은 소비자가 아니라 공동체가 된다.
김종희 전 회장은 그 공동체의 씨앗을
천안과 충청에 먼저 심은 위인이다.

한화야구의 뿌리를 찾아서

백제의 정신이 보살 팬심으로 흐른다.

백제는 강국 사이에 끼어 있었다.
고구려와 신라, 거대한 힘의 틈에서
늘 선택해야 했던 나라였다.

그러나 백제는
칼보다 문화로 기억된다.

금동대향로의 곡선
미륵보살 반가사유상의 미소
부드럽고 세련된 미학

강하지 않아서가 아니다.
강함을 과시하지 않았을 뿐이다.
백제의 힘은 '은근한 뚝심'이었다.

대한민국은 자주 양극으로 나뉜다.
그러나 가운데가 있어야 몸이 선다.
충청은 금강과 한강을 품은 허리였다.

백제의 문화가 그 허리에 남아 있고,
보살 팬심이 그 허리를 단단하게 만든다.
부서져도 품위를 잃지 않던 찬란한 문화의 역사.
그 기질이 오늘 보살 팬심으로 살아 숨 쉰다.

지금 젊은이들에게 야구는
그냥 '프로야구'일지 모른다.
하지만 지금의 프로야구는
고교야구의 폭발적인 인기 위에서 자랐다.

50대 이상 세대는 모두 그 시절을 추억한다.
1970~80년대.
고교야구는 지금의 KBO리그 못지않은 국민 스포츠였다.

동대문야구장은 한국 야구의 성지였다

그때 고교야구의 심장은 동대문야구장이었다.
전국 대회가 열릴 때면 입석까지 꽉 찼고
암표상도 활개 쳤다.
그 뜨거운 응원 열기 속에서

프로야구는 꿈틀거렸다.

1982년 역사적인 프로야구 개막전이 열린 장소도 이곳이고
프로야구 원년의 처음과 끝을 수놓았던
이종도와 김유동의 만루홈런이 나온 장소도 이곳이다.

MBC 청룡과 OB 베어스의 홈구장으로 쓰이며
동대문야구장은 프로야구의 요람이 되었다.

그런 야구의 성지를 철거해 버린 서울시의 결정은
지금 생각해도 아쉬움이 크다.
그 자리에 진짜 돔구장이 세워졌다면
한국 야구의 풍경은 달라졌을지도 모른다.

공주고의 등장과 충청 야구의 도전

충청권 야구는
세광고, 공주고, 북일고, 대전고, 청주고를 중심으로 성장했다.
그 기지개는 단연 공주고 야구부의 창단이었다.

공주고는 군 단위 학교지만
전통 깊은 명문이었다.
이 학교 출신이 바로 정치인 김종필 전 총리다.
그의 형 김종락은 대한야구협회 회장을 지냈다.

김종필은 모교의 야구부 창단을 지원하며
충청권의 자존심을 세우고 싶어 했다.
그 창단 멤버 중 한 명이
바로 지금의 한화이글스 김경문 감독이다.

그 시절 고교야구는
서울·대구·부산·광주 명문들이 꽉 잡고 있었다.
경북고, 대구상고, 경남고, 부산고, 광주일고, 군산상고, 신일
고, 선린상고….
그 '전통 강호' 사이에
공주고가 당당히 도전장을 냈다.

1977년의 기적, 충청야구의 첫 불꽃

1977년, 공주고는 대통령배 전국고교야구대회에서
당대 최강 부산고를 꺾고
창단 첫 우승을 차지했다.

이 우승이 바로

충청야구 르네상스의 시작이었다.

이후 공주고 출신 박찬호가
메이저리그에서 돌풍을 일으키며
충청야구의 이름은 전국에 알려졌다.
공주고의 바통은
세광고(송진우·장종훈)
천안북일고(이상군·김태균)
대전고(구대성·정민철)
청주고(주현상)로 이어졌다.

이 학교들이 바로
오늘날 한화이글스를 떠받치는 충청 야구의 뿌리다.

천안북일고와 한화의 만남

천안 출신인 한화그룹 창업주 김종희 회장은
향토 사랑으로 북일고를 설립하고
야구부에 적극 지원했다.
그 덕분에 북일고는
전국 최고 수준의 야구 명문으로 성장했다.

그리고 이 DNA가
한화이글스의 한 뿌리가 되었다.

충청의 백제 정신과 '보살 팬심'

영호남이 정치와 야구에서 패권을 다툴 때,
충청도는 늘 그 사이에서 '끼인 지역'이었다.
하지만 그 억눌림이 오히려
뚝심과 인내로 다져졌다.

충청은 원래 백제의 땅이다.
백제는 고구려와 신라 사이에서도
자기만의 문화를 꽃피운 자존의 나라였다.
그 정신이 오늘날
충청인의 은근하고 단단한 기질로 이어져 있다.
그래서 한화이글스 팬들은 다르다.
욕 대신 응원, 조급함 대신 기다림.
이른바 '보살 팬심'이다.

영호남 지역감정에 지친 수도권 젊은 세대
그리고 정치색 없는 연예인 팬들이 한화 팬덤에 합류하며
한화이글스는 이제 전국구 팬덤으로 성장했다.

뿌리 깊은 팬심, 충청의 힘

'충청도 양반'이라는 말에는
괜히 품격이 담긴 게 아니다.

뚝심, 인내, 실용, 그리고 자유로운 정신.
이 모든 게 한화이글스 팬심의 DNA다.

그 뿌리 깊은 정신이
지금 대전 한화생명볼파크의 함성으로 이어지고 있다.

　　"야구는 결국 기다림의 스포츠다." —박찬호

그 기다림의 미학을 아는 팀, 한화이글스.
그 뿌리는 고교 야구에서 자라
충청을 거쳐
지금 전국으로 번져 가고 있다.

야구도 인생도 무상하다

야구는 공 하나에 울고
웃는다.
투아웃.
투스트라이크.
단 하나의 실투.
그리고 ― 역전 홈런.

심장은 진짜로 널뛴다.

지난 시즌 한화 이글스가 그랬다.
매일이 드라마였다.
각본은 없었다.
그래서 더 중독적이었다.

왜 이렇게 재밌을까?
공이 둥글기 때문이다.

둥근 공은 어떻게 날아갈지 모른다.
딱 맞은 줄 알았더니 파울
범타인 줄 알았더니 깨끗한 안타.

야구도 인생도 이렇게 변화무쌍하다.
그러니 매 순간 일희일비하면
지칠 수밖에 없다.
담담하게, 무상하게 받아들이는 마음이 필요하다.

그렇다면 공놀이 중에서도
야구만의 매력은 뭘까?

축구·농구·배구처럼
손과 발을 놀려하는 종목과 달리
야구는 도구, 곧 배트를 사용한다는 점에서 완전히 다르다.
마치 골프나 하키, 당구처럼
정확한 순간을 잡아내야 한다.
그래서 더 어렵고, 그래서 더 매력 있다.

변화구의 세계 ― 야구가 더 재밌어지는 순간

십 대 팬들도 요즘은 변화구 이름을 웬만큼 안다.
하지만 그 안을 들여다보면 더 흥미롭다.

커브Curve : 공이 '뚝' 떨어지다 못해 바깥으로 휘기도 하는
기본 중의 기본.
슬라이더Slider : 타자의 바깥쪽으로 미끄러지듯 빠져나가는 공.
포크볼Forkball : 손가락 사이를 벌려 던져 '쭉' 떨어지는 마구.
체인지업Changeup : 직구처럼 보이지만 속도는 느리고 타이
밍을 빼앗는 사기 구종.
서클 체인지업 Circle Changeup : 류현진의 시그니처.
스플리터Splitter : 포크볼의 사촌. 빠르게 날아가다 갑자기 지
하실로 떨어진다.

변화구는 결국
공의 회전 RPM 싸움이다.
회전이 많고, 회전축이 다양한 투수일수록
타자는 예측 선을 잃는다.

그래서 요즘은
직구만 빠르다고 되는 시대가 아니다.
변화구가 없으면 장타를 허용한다.

지금 한화의 젊은 피들
김서현, 정우주, 황준서, 조동욱.
이들의 미래도
변화무쌍한 변화구 장착 여부에 달려 있다.
강속구와 변화구의 조합이 완성돼야

비로소 '진짜 프로'가 된다.

타자는 어떻게 살아남나 — 답은 '무심타법'

투수들이 변화무쌍하게 던진다면
타자도 그 변화에 흔들리지 않아야 한다.
그 방법이 바로 무심타법이다.

변화구에 끌려다니는 타격은 답이 없다.
배트를 들고 춤추면 끝은 추락이다.

이원석, 최인호, 이재영, 김태연, 황영묵, 심우준, 하주석, 이
도윤, 허인서….
이 선수들이 반드시 익혀야 할 것은
바로 흔들리지 않는 중심, 즉 무심함이다.

가상의 시나리오를 떠올려 보자.
폰세와 와이스가
강속구와 고 RPM 변화구 콤보를 마음껏 던져 온다.
과연 몇 개나 건드릴 수 있을까?

변화를 견디지 못하면 타격은 흔들리고
결국 스스로 무너진다.

먼저 변하는 사람이 이긴다

야구도 인생도 똑같다.
세상이 변할 때 끌려다니면 뒤처지지만
스스로 먼저 변화하면 상황을 주도할 수 있다.

공은 둥글고
세상도 돌고
인생도 돈다.

그래서 무상하다.
그리고 그래서 재밌다.

변화에 흔들리지 않고,
오히려 변화를 먼저 만드는 사람.
그 사람이 야구에서도 인생에서도
결국 살아남는다.

공은 자유다

공은 본래 악동이다.
축구공이든 배구공이든 농구공이든 럭비공이든
어디로 튈지 모르는 짓궂음으로 세상을 흔든다.

야구 또한 악동 중의 악동으로 노는 놀이다.

인간 중심의 언어로 악동이라 부르지만
사실 인간이야말로 어느 방향으로 튈지 모르는
최고의 악동이다.

악동들은 본능적으로 논다.
놀기를 좋아한다.
규격을 싫어하고 틀을 벗어나며
호기심 많은 어린이처럼
개구쟁이처럼
자유로운 생명이다.

그래서 말은 '악동'이지만
실상은 자유 그 자체다.

공은 자유이고
자유롭게 놀고 싶어 한다.
자유로운 인간 악동을 만나
함께 뛰고, 튀고, 날아오르고 싶어 한다.
그 순간이야말로
공의 생명이고 혼이다.

스포츠란
자유로운 공과 자유로운 인간이 만나
잠시 제도와 규격, 경쟁과 압박을 벗어나는 시간이다.
속도 경쟁, 승부 집착, 돈 따먹기의 자본주의적 질주에서
빠져나와 숨을 고르는
작은 탈출구이자 해방구다.

하지만 한국 스포츠는 너무 근엄하다.
승부와 명예에 매달리고
애국심을 강요하며
규율을 우선한다.

그 틀 속에서
개인은 집단에 묶이고

개인기는 시들어 간다.

수많은 유망주가 프로에서 주저앉는 이유도
성장해야 할 시기에
자유 대신 규격품이 되도록 강요받았기 때문이다.

사람은 자유롭게 자라면 누구나 천재다.
각자의 재능을 펼치고 살 수 있다는 점에서
그 자체가 천재성이다.

오늘도 경기장은 사람들로 꽉 찬다.
그들은 공을 보러 오는 게 아니라
공을 따라 흔들리는 자유의 감각을 느끼러 온다.

공은 자유다.
한화이글스가 왜 이렇게 인기가 많은가.
그 예측 불가의 승패
어디로 튈지 모르는
각본 없는 극적 드라마 속에서
악동들의 경기에 자유를 느끼기 때문이다.

야구도 인생도 운칠기삼

김경문 감독은 운칠기삼의 덕장이다.
감독은 공을 던지지 않는다.
배트를 잡지 않는다.
그러나 경기의 흐름은
그의 숨결에서 읽힌다.

운은 하늘에서 떨어지는 것이 아니라
흐름을 읽는 사람에게 붙는다.
투수를 바꿀 것인가,
한 타자 더 맡길 것인가.
그 한순간
운은 결단 속에 숨어 있다.

서두르면 운을 잃고
미루면 운을 놓친다.
운은 '빠름'이 아니라
'맞음'의 문제다.

운은 점괘가 아니라
사람을 읽는 눈이다.

벤치에서 아무 말도 하지 않는 순간
감독은 가장 많은 것을 한다.
감정이 앞서면 운은 흩어지고
고요하면 운은 모인다.

운은 소리 없는 물결처럼
차분한 사람에게 붙는다.

야구도 인생도 둥글게 돈다.
이기는 날도 오고
지는 날도 온다.
명장은 운을 잡으려 하지 않는다.
흐름을 읽고 덕을 쌓는다.

김경문 감독은 덕장이다.
선수들에게 온화한 덕德을 베풀어
존경받는 대인군자형 리더다.

덕장은
'운칠기삼運七技三'의 복을 타고난 지도자다.
가만히 있어도 운이 구렁이 담 넘듯 들어오니

억지로 무리수를 두지만 않으면 된다.
고집의 아상我相에 눈 팔지만 않으면 된다.

누구나 상식으로 아는 경기 운영, 선수 기용, 작전 수행만 해도
운이 다 해결해 준다.

야구도 인생도 운칠기삼이다.
지도자가 고집과 아상에 빠지는 순간이
바로 '기칠운삼技七運三'이라 착각할 때다.
"내가 잘났어.
내가 잘해서
내 능력이 좋아서
내 재주가 비상해서 여기까지 왔다."

이것이 자만과 오만의 언어다.

오만과 오기의 아상은 고집이 되고,
고집을 부리면
본인뿐 아니라 주위에도 괴로움을 준다.

'운칠기삼'은 겸손의 언어다.

"좋은 사람을 만나서
좋은 선수 덕분에
팬들의 응원 덕분에
운이 좋아서 이 자리에 왔다."

흔히 '운' 하면
로또 당첨 같은 행운을 떠올리지만,
운의 진짜 의미는
겸손과 경외를 뜻한다.

변화무쌍한 세상사와 인생사에
경외심을 가지고 겸손하게 살아야
화를 입지 않고 운이 따른다는 뜻이다.

김 감독은 덕장이다.
운을 타고난, '운칠기삼'의 덕장이다.

감독이 욕심만 부리지 않으면

운은 저절로 들어온다.
투수 교체, 번트, 도루, 대타 같은 세부 작전은
전문 코치에게 맡기고
덕장의 온화한 낯빛으로 세상의 운을 받아들이면
만사형통할 것이다.

그리하면 선수들이
승리를 따 올 것이다.

기세 좋을 때는 '닥치고 고!'

"도전하지 않으면 변화는 없습니다. 신뢰가 없는 도전은
오래가지 않습니다." —김승연

기세가 운을 만든다.
이건 야구만의 말이 아니다.
인생도 똑같다.
기세가 꺾이면
좋은 운이 와도
잡지를 못한다.
반대로
기세가 살아 있으면
운이 조금만 와도
그걸 열 배로 키운다.
지금 한화이글스가 딱 그 상태다.

기세가 아침에 오렌지 빛 태양이 떠오르듯 하다.
강백호, 잘 잡았다.

지금 분위기에서라면
강백호도 다시 터진다.
기세 좋은 팀에서는
선수 재능이 다시 살아난다.
어깨 무거운 야구가 아니라
즐기는 야구를 하게 된다.

투자도 마찬가지다.
기세 없을 때 돈 쓰면
밑 빠진 독이다.
우린 이미 봤다.
암흑기 때.
뭘 해도 안 됐다.
돈 써도, 사람 바꿔도
기세가 없으니 안 됐다.
근데 지금은 다르다.

보살 팬심.
끝까지 버틴 팬들.
김승연 구단주의 뚝심.
이게 쌓여서
지금의 한화를 만들었다.

그래서 말한다.

기세가 날아오를 때
팀을 더 단단하게 만들어야 한다.
지금이 그 타이밍이다.

기세 좋은 팀에는 선수들이 몰린다.
"가고 싶은 팀"이 된다.
"여기서 뛰고 싶다"는 말이 나온다.
그 순간부터
팀은 앞으로만 간다.

이건 야구 이야기 같지만
사실 인생 이야기다.

공부도, 꿈도, 사람 관계도
기세 좋을 때 한 발 더 나가야 한다.

지금의 한화이글스?
딱 그 시기다.
아, 맞아 맞아.
이럴 때
진짜 강해지는 거다.
왕조를 구축할 절호의 때다.
때가 왔을 때
닥치고 고!
치고 나가야 한다..

진짜 리빌딩은 상승기다

그 질문은
선수에게만 던져진 말이 아니었다.
팀 전체를 향한 질문이다.

리빌딩은 선언이 아니다.
벽에 붙이는 구호도 아니다.
오늘 훈련의 자세를 바꾸는 일이다.

내일이 있다는 발상에 오늘이 희미해진다.
잘될 때가 더 위험하다.
연승이 이어질 때
관중이 가득 찰 때
그때가 바로
오늘을 놓치기 쉬운 순간이다.

리빌딩은
무너졌을 때 시작하는 것이 아니라
빛날 때 시작한다.

상대를 이기려면 반 발의 차이를 극복해야 한다.
그 반 발은
드래프트 한 명 더 준비하는 일
불펜 하나 더 설계하는 일
유망주 한 명 더 기다리는 일이다.

연습량이 많다고 완성이 아니다.
질을 바꾸는 순간
구조가 달라진다.

리빌딩도 같다.
한 시즌이 아니라
다음 십 년을 책임지는 설계다.
우승은 순간이지만
왕조는 구조다.

잘될 때 갈아엎는 용기.
승리의 환호 속에서
다음 그림을 그리는 고요.

프로는 오늘을 완성하는 사람이고
팀은 오늘을 쌓아 내일을 만드는 조직이다.

리빌딩은 상승기의 전략이다.
반 발 앞서 준비하는 팀
빛날 때 더 단단해지는 팀
그 팀만이 끝내 오래간다.

그리고 누군가는 묻는다.

"당신은 프로입니까."

리빌딩의 시작은
그 질문에서 시작된다.

프로는 냉정하다.
성적은 변명보다 빠르고
순위표는 감정보다 정직하다.
실력이 없으면 하위권을 전전한다.
이건 변하지 않는 법칙이다.

많은 팀이 말한다.
"안 될 때 리빌딩하겠다."
그러나 그건 절반만 맞다.

진짜 리빌딩은
잘될 때 하는 것이다.

강팀이 되는 길은 두 가지뿐이다

"이기고 싶다면 더 좋은 선수를 데려와라."—토미 라소다

강팀이 되는 방법은 단순하다.
실력 있는 선수로 팀을 짜는 것.
방법은 둘뿐이다.
직접 키우거나, 돈으로 데려오거나.

올해 강백호 4년 100억 원 계약.
노시환 11년 307억 원 다년 계약.
아주 잘한 일이다.
진짜 리빌딩의 시작이다.

하위권 팀이
"2군을 키워 미래를 만든다"는 말은 듣기 좋다.
하지만 현실은 다르다.
하위권일수록 돈을 써야 시간을 번다.
그래야 숨을 돌릴 틈이 생긴다.

지난해 한화가 보여 준 것이 바로 그것이다.

거액에 FA 엄상백, 심우준을 데려왔다.
결과가 좋지 않았다고?
비판도 있었다.
그러나 그 절박함이 팀을 끌어올렸다.

"행운은 준비된 팀에게 온다." — 루이 파스퇴르

폰세와 와이스의 활약도
결국 준비와 투자 위에 올라탄 결과였다.

리빌딩의 착각

수베로 시절, 한화는 '리빌딩'을 선언했다.
명분은 좋았다.
그러나 프로는 명분이 아니라 결과로 말한다.

실험했던 선수들 중
지금 팀의 중심으로 확실히 자리 잡은 선수는 거의 없다.
노시환, 문동주, 김서현, 정우주.
그들은 원래부터 톱클래스 야구 천재들이었다.
리빌딩이 만든 게 아니라
재능이 증명한 것이다.

리빌딩은 선언이 아니다.

짜임새 구축이다.

진짜 리빌딩은 언제 하는가

팀이 상위권에 올라왔을 때,
바로 그때가 리빌딩의 골든타임이다.
잘될 때 갈아엎어야 한다.
상승세 속에서 미래 구조를 짜야 한다.
왜냐하면 상승기에는 선택권이 생기기 때문이다.

하위권일 때는 생존이 먼저다.
상위권일 때는 설계가 가능하다.

방향이 중요하다

지금 한화가 고민해야 할 것은
'우승 선언'이 아니라
'탄탄한 왕조 구축'이다.

야구도 인생도 마찬가지다.
안 될 때 고친다고 하지만
정작 바꿔야 할 때는 잘될 때다.

잘 나갈 때 멈춰 서서

"다음 10년을 어떻게 설계할 것인가"를 묻는 것.
그게 진짜 프로의 태도다.

지금 한화는 변곡점에 서 있다.
우승 선언보다 구조 설계.
열정보다 균형.

리빌딩은 추락기의 선택이 아니다.
상승기의 전략이다.

기회는 준비된 팀에게 온다.
잘될 때 다시 짜라.
지금이 바로 왕조 구축을 위한 리빌딩의 적기다.

운동신경, 그 신비한 칩

프로의 문은
바늘구멍보다 좁다.
환호 속에 입단하지만
조용히 사라지는 이름도 많다.

무엇이 갈라놓는가.
근력일까.
노력일까.
운일까.

어쩌면 몸 안 어딘가에
보이지 않는 작은 칩이 하나
심어져 있는지도 모른다.

운동신경.

그 칩은 숫자로 정확히 잴 수 없고,

고교 기록으로 다 설명되지 않는다.
2군에서 빛나던 타구가
1군의 밤공기 속에서는
힘없이 가라앉기도 한다.

그 순간
칩의 용량이 드러난다.

반응 속도
공을 읽는 눈
0.1초의 선택.

문현빈의 배트는
거대한 근육보다
짧은 찰나의 집중으로 빛났다.

김서현의 158km는
속도의 자랑이 아니라
제구의 시험대 위에 서 있다.

문제는 운동신경,
그 칩이 잠들어 있는가
깨어 있는가다.

좋은 지도자는
기술을 주입하는 사람이 아니라
그 보이지 않는 칩을 깨우는 사람이다.

운동신경은
깨어 있는 감각이다.

프로야구는
근육의 싸움이 아니라
감각의 전쟁이다.

누가 먼저 읽는가.
누가 먼저 반응하는가.
누가 흔들리지 않는가.

그 작은 칩 하나가
한 시즌을 흔든다.

프로는
눈에 보이는 힘으로 완성되지 않는다.
보이지 않는 감각
그 신비한 칩이 깨어 있을 때
비로소 전설이 시작된다.

왜 어떤 선수는 살아남고, 어떤 선수는 사라지는가

지난해도 신인 드래프트를 통해
각 팀마다 10명 안팎의 선수가
프로야구의 문을 두드렸다.
그 어려운 바늘구멍을 뚫고 말이다.

하지만 1군 무대를 제대로 밟아 보지도 못한 채
팀을 떠나는 선수도 적지 않다.
이제 프로야구는
'들어오는 만큼 나가는' 냉정한 세계다.

누구나 프로가 되면
돈과 명예, 이름을 얻고 싶어 한다.
드래프트에 지명된 선수들은
고교 시절 전국을 들썩이게 한
'야구 천재'들이기도 하다.

하지만 현실은 다르다.
2군에서 몇 년을 보내다
결국 1군을 밟지 못한 채 사라지는 선수도 많다.

도대체 이 차이는 어디서 생길까?
답은 의외로 단순하다.

바로 운동신경이다.

운동신경은
선수 몸에 내장된 보이지 않는 칩과 같다.
그 용량이 얼마나 큰지는
아무도 정확히 모른다.
전문가들도 기록을 통해 추정할 뿐이다.

하지만 그 기록이란 것도 상대적이다.
고교야구나 2군 기록은 편차가 크다.
결국 진짜 잣대는
1군 무대에서의 실전 기록이다.

2군에서 아무리 잘 쳐도
1군에서 통하지 않으면
그 칩의 용량은 생각보다 작다고 봐야 한다.
물론 노력은 전제다.

운동신경이 빛나는 선수들

올해 한화의 문현빈은
그런 점에서 눈부셨다.
체구도 크지 않고,
남다른 근력의 소유자도 아니다.

그럼에도 그는
놀라운 집중력과 반응 속도로 팀을 이끌었다.

만약 한국시리즈에서 LG에 아쉽게 역전패만 당하지 않았다면
MVP로 이름을 새겼을지도 모른다.
문현빈의 불꽃 같은 타격 비결은
바로 타고난 운동신경이다.

근력은 물론 중요하다.
하지만 근력만으로는 한계가 있다.
운동신경이 뒷받침되지 않으면
프로의 벽을 넘기 힘들다.

예를 들어 김서현은
시속 158km 강속구를 던진다.
그 자체만으로도 대단하지만,
진짜 시험대는 제구력과 변화구다.
투수의 운동신경은 결국
공의 제구력과 변화구에서 드러난다.
그 속도와 성장 곡선이
그가 가진 칩의 용량을 보여 줄 것이다.

키움의 강속구 유망주 장재영은
강속구 재능은 뛰어났지만

끝내 꽃피지 못하고 타자로 전향했다.
결과적으로 프로 무대에서
투수로서 운동신경의 한계를 드러낸 셈이다.

기아의 김도영의 운동신경은
야구팬이라면 누구나 인정한다.
타격, 주루, 수비, 송구, 파워.
모든 영역에서 반짝이는 감각.
그야말로 5툴 플레이어의 전형이다.

프로야구는 감각의 전쟁이다

아마야구에서는
근력과 노력만으로 정상에 오를 수 있다.
하지만 프로야구는 다르다.
숨겨진 운동신경이 받쳐 주지 않으면
결국 성장의 벽에 부딪힌다.

그리고 그 잠재된 운동신경은
어떤 지도자를 만나느냐에 따라
꽃이 피기도 하고 시들기도 한다.

요즘의 좋은 코치는
단순히 훈련시키는 사람이 아니라

선수 속에 숨은 운동신경을 깨워 주는 사람이다.

모든 선수가 김도영처럼
다섯 가지 능력을 다 가질 수는 없다.
하지만 두세 가지만 탁월해도
프로에서 충분히 살아남는다.
오히려 욕심내다 망하는 선수도 많다.

지금 스토브리그에서
스카우트와 코치들은
기록 너머의 재능
아직 피어나지 않은 운동신경의 씨앗을 찾고 있다.

입단 1년 차 오재원은
벌써 스프링캠프와 시범경기에서
탁월한 운동신경을 보여 줘
1군 무대 활약을 기대하게 한다.
개막 경기에서 고졸 최초 3 안타를 치기도 했다.

외국인 선수도 마찬가지다.
마이너리그 기록만 믿지 않는다.
감각, 리듬, 순발력, 정신력.
그 모든 것이
'운동신경'이라는 칩에 달려 있다.

결국 프로야구는
운동신경의 결정판이다.
그 신비한 칩이 얼마나 깨어 있느냐,
그게 진짜 프로를 가르는 경계선이다.

올해는 누가
운동신경이라는 씨앗을 발아시켜
리그를 흔들 것인가.
초미의 관심사다.

인연, 그 신비한 세계

인연은 맺는 일, 곧 만남보다
끊어내는 일, 곧 이별에서
그 진면목이 드러난다.

불법에서 말하는 시절인연.
봄은 시절인연이 꽃피는 때다.

인연처럼 좋은 게 없다.
시절인연이다.
인연 중의 인연이
바로 시절인연이다.

시절인연은
때가 되면 저절로 오고
저절로 이루어지는 인연이다.

인연은

오다 가다
가다 오다 한다.

봄에는
가는 인연보다 오는 인연이 많아 좋다.

가는 인연은 잡지 말아야 하고
오는 인연은 막지 말아야 한다.

가는 인연은
어쩔 수 없어 가는 것이다.
가야 사니까 가는 것이다.
그런데 붙잡으면
악연이 된다.

오는 인연도 막지 말아야 한다.
오고 싶어 오는데 막으면
오던 인연도 달아난다.

가는 인연 잡지 말아라.
때가 되면 돌아올 것이다.
오는 인연 막지 말아라.
때가 되면 떠날 것이다.

인연처럼 좋은 게 없지만
인연처럼 무서운 것도 없다.
그게 악연이다.

인연을 억지로 맺지 마라.
인연에 연연하지 마라.
때가 되면 찾아오고, 맺어진다.

한화를 떠난 선수들, 그리고 인연의 본질

사람들은 흔히 말한다.
옷깃만 스쳐도 인연이라고.
길을 걷다 우연히 시선이 마주쳐도 인연이고
떨어지는 낙엽 한 잎을 보며 마음이 움직여도
그 또한 인연이라고.

이번 2차 드래프트를 통해
안치홍, 이태양, 이상혁, 배동현이
한화를 떠났다.

겉으로 보면 이별이다.
하지만 인연의 관점에서 보면
잘된 선택일 수도 있다.

인연에는 좋은 인연도 있고
서로에게 맞지 않는 악연도 있기 때문이다.
누구나 좋은 인연을 바라고 시작하지만
결과는 아무도 모른다.
그 불확실함이
바로 인연의 신비다.

안치홍은
한화와 선연이 되길 바랐다.
팀도 큰 기대를 걸었고
본인도 그 무게를 느꼈다.
하지만 지난해는 이유를 알기 힘든 부진이 이어졌고
팬도 선수도 감독도
모두 어려운 시간을 보냈다.

이럴 때는
억지로 인연을 붙잡기보다
놓아주는 것이 서로에게 좋은 선택이다.
맞지 않는 인연을 계속 붙잡으면
결국 악연이 되기도 하니까.

이태양도 비슷한 길을 걸었다.
한화에서 좀처럼 기량이 살아나지 않았고,
SSG에서는 불펜 에이스처럼 활약했다.

다시 한화로 돌아왔지만
또다시 흐름이 엇나갔다.

이런 경우는
새로운 환경, 새로운 코칭스태프, 새로운 루틴을 만나는 것이
오히려 활로에 도움이 된다.
그런 의미에서 이번 결정은
선수와 팀 모두에게 긍정적일 수 있다.

의외였던 건 이상혁이다.
김경문 감독이 꽤 애정을 보였던 선수였고,
아직 1군 주전급 실력은 아니지만
대수비·대주자로 꾸준히 기회를 받았기 때문이다.
이유는 내부만 알고 있겠지만
어쨌든 두산에서 더 좋은 길을 닦길 응원한다.

배동현은 아직 평하기 어렵다.
다만 하나 확실히 말할 수 있는 것은
2군 선수들의 이동은
더 활발해질 필요가 있다는 점이다.

2군 선수들에게 가장 중요한 건
자기를 알아봐 주는 지도자를 만나는 인연이다.
어떤 코치를 만나느냐에 따라

성장 속도가 완전히 달라지기도 하니까.

헤어져서 상생하는 길

사람들은 보통 인연 하면
만남과 맺음을 먼저 떠올린다.
하지만 사실 인연의 진짜 의미는
맞지 않을 때 과감히 이별할 줄 아는 것이다.
서로 끊어내는 일이다.

헤어져서 상생하는 길.
그 또한 인연이다.

이번 이별들이
모두에게 새로운 선연이 되길 바란다.

돈으로 말하면 실력으로 답하라

돈은 인정사정없다.
돈은 얼굴이 없다.
웃지도, 울지도 않는다.
약속을 기억하지 않고
눈물을 이해하지 않는다.
돈은 오직 결과만 센다.
노력의 밤도
사정의 변명도
형편의 눈물도
장부에는 적히지 않는다.

돈이 말을 걸 때
핑계로 대답하면
더 가혹해진다.

그때 필요한 건
억울함이 아니라 실력이다.

돈으로 평가받는 세상에서
실력은 프로의 유일한 언어다.

강백호 100억, 노시환 307억 계약 발표 후
뒷말들이 무성하다.
막전막후 얘기들.
결국 돈 이야기다.
지른 타이밍, 그 시간차 이야기들.
꼭 투수 교체 타이밍 같은 것들이다.

다 알다시피
투수 교체 타이밍은 승패를 가른다.
그러기에 어렵다.

프로 스포츠는
자본주의 시장경제의 첨단을 달린다.
이 점을 인정하고
돈 이야기를 들어야 한다.

돈은 인정사정없다.

그런데도 뒷이야기를 들으면
강백호나 KT나
인정을 이야기하고, 사정을 이야기한다.

일종의 결과론적인 이야기다.

결국 그 돈들은
팬들 주머니에서 나간, 또 나갈 돈이다.

계약 금액이 많다, 적다
설왕설래하는 건 우습다.
말해 봤자
속은 검은데 희다고 오리발 내미는 것과 같다.
사실 돈 이야기는
대개 다 구리다.
뒷말을 해 봤자
구린 속만 드러내는 꼴이 되기 쉽다.

강백호는 실력으로 답하면 된다.
KT는 강백호 없이도 우승하면 된다.
노시환은 한화의 변함없는 4번 타자
프랜차이즈 스타의 길을
뚜벅뚜벅 가면 된다.

한국프로야구 인기와 관중이
역대 최고였다고 한다.
프로야구도 이제
자본주의 시장경제의 첨단을 달리기 시작한 것이다.

쩐의 전쟁에 돌입한 것이다.

쩐 안 쓰고 우승한다?
그것은 프로야구 초창기
최동원을 한국시리즈 다섯 경기에 연속 등판시키며
혹사시켜 우승했던 롯데나 할 소리다.
그건 프로가 아니다.
무늬만 프로다.

이제 선수든 팀이든
프로답게 놀자.
돈으로 말하면
실력으로 답하라.
그게 돈값하는 것이다.

한화이글스는 올해
입장 수입 1위를 했다.
돈을 벌었으니 돈을 쓰는 것이다.
그게 팬에 대한 보답이다.

내려놓을 줄 아는 사람이 멋있다

인연이 다하면
바람처럼 흩어진다.
그러나 바람이 지나간 자리엔
새 길이 열린다.

야구도 그렇다.
끝내기 패배 뒤에도
다음 경기는 열린다.

인생도 그렇다.
이별은
끝이 아니라 새로운 시작이다.

어쩔 수 없는 일은
미련 없이 내려놓고
다시 달려가는 사람.
그 사람이

진짜 멋있는 사람이다.

떠나는 선수들에게

한화의 암흑기 시절
마운드를 지키던 장민재, 장시환, 윤대경.
정말 힘들던 그 시절
세 선수가 흘린 땀과 혼신의 영혼투를
팬들은 절대 잊지 않는다.

하지만 야구에도, 인생에도
세월을 피하는 길은 없다.
결국 방출이라는 벽을 마주했고
이제는 새 팀, 새 삶을 향해
다시 걸음을 내딛게 됐다.

그리고 김인환.
2023년에는
"와, 이 선수 뜨겠다!" 싶을 만큼
눈에 띄는 활약을 보였지만
이후 뚜렷한 흐름을 이어 가지는 못했다.
올해도 중요한 시기에 콜업 받았지만
자기 이름을 강하게 새기진 못했다.
그래도 분명 장타력 있는 선수다.

그 가능성을 알아보는 팀이
반드시 있을 것이다.

이충호, 조한민 역시
어디서든 다시 시작할 수 있을 거라 믿는다.

선수들 모두
정말 고생 많았다.
지금 이 순간을
새로운 인생의 기회로 삼길
진심으로 응원한다.

내려놓는 것도 실력이다

살다 보면
최선을 다했는데도
내 힘으로 바꿀 수 없는 일이 찾아온다.
세상은 어쩔 수 없는 일들로 가득하다.

그럴 땐 어떻게 해야 할까?

붙잡지 말고,
더 괴롭기 전에 내려놓는 게 낫다.
어쩔 수 없는 일에 매달리다 보면

결국 자신을 스스로 미궁 속에 가두게 된다.

그러니 차라리 훌훌 털고,
'지금 내가 할 수 있는 일'을 찾는 게
훨씬 멋지고, 훨씬 강하다.

인연이 다하면
또 다른 인연이 찾아온다.
야구도 그렇고, 인생도 그렇다.
이별은 끝이 아니라
다음 페이지를 여는 과정일 뿐이다.

그러니
어쩔 수 없는 일은 즉시 내려놓고,
새로운 길을 향해 다시 달려가는 것.
그게 진짜 멋있는 사람이다.

잊지 못할 이름, 장민재와 윤대경

"시련은 넘어지기 위한 것이 아니라, 더 높은 곳으로 오르
기 위한 도약대다." —빌 게이츠

프로야구에는
매년 새로운 이름이 뜬다.
그리고 또 많은 이름이 사라진다.
기록은
홈런과 우승만 남기는 것 같지만,
마음에 남는 이름은
따로 있다.
올해 방출 명단을 보다가
계속 눈에 걸린 이름 두 개.
장민재. 윤대경.
솔직히 말하면
나는 이들이 방출 직전
얼마나 잘 던졌는지 모른다.

지난 시즌
1군에서 보지 못했기 때문이다.
그래서 더 아쉬웠다.
후반기에
불펜이 지쳐 있을 때,
한 번쯤 기회는 없었을까.
팬이라면
이런 생각, 안 할 수 없다.
하지만 야구는 냉정하다.
결과로만 말해지는 세계다.

그래도
장민재라는 이름은
쉽게 잊히지 않는다.
한화의 긴 암흑기.
선발이 없으면 선발로
불펜이 비면 불펜으로.
필요하면 던졌다.
상황 가리지 않았다.
빠른 공은 아니었지만,
물러서지 않는 투구였다.
화려하지 않아서
더 묵묵했고
그래서 더 오래 남는다.

윤대경도 마찬가지다.
2020년 시즌 기억하나.
5승 무패, 7 홀드, 평균자책점 1.59.
이건
"확실히 잘했다"는 숫자다.
그 뒤로
기대만큼 이어지지 않았을 뿐.

야구에선 흔하다.
잘하던 선수가 멈추고
예상 못 한 선수가 튀어나온다.
야구도, 인생도
직선으로만 가지 않는다.

중요한 건 그다음이다.
장민재는
유니폼을 벗었지만
야구를 떠나지 않았다.
한화에서 전력분석원으로
새 출발을 한다.
던지던 자리에서
이제는 야구를 더 깊게 보는 자리로.

윤대경은

새 팀을 찾고 있다.
아직 젊다.
팔도 살아 있다.
기회는 한 번으로 끝나지 않는다.
한 번의 선택이 인생 방향을
다시 바꿀 수도 있다.

밀려났다고 끝은 아니다.
사라진 게 아니라 방향이 바뀐 것이다.
누군가는
다시 점프하고,
누군가는
다른 자리에서 같은 꿈을 이어간다.

장민재와 윤대경은
슈퍼스타는 아니었을지 모른다.
하지만
끝까지 버텼고
다시 시작하려 한다.
그 태도만으로도
충분히 박수받을 자격이 있다.

야구는 그런 스포츠다.
그리고 인생도 그렇다.

잊히는 이름 같아 보여도
우리는 기억한다.
장민재. 윤대경.
그대들의
다음 페이지를
진심으로 응원한다

노시환, 프랜차이즈 스타의 길

"나는 삼진을 두려워하지 않는다." — 베이브 루스

가장 멀리 보내는 자는
가장 많이 실패한 자다.
홈런의 그림자는
삼진의 어둠에서 자란다.

노시환의 방망이도 그 어둠을 통과해 왔다.
홈런왕의 길은 멀고 외롭고 가혹하다.
그러나 가장 먼 곳을 향해
가장 단순하게 방망이를 휘두르는 자만이
홈런왕의 계보를 잇는다.

노시환.
그대는 한화의 별이다.

한화이글스가 노시환과

11년 장기 계약에 합의했다.
계약 총액이 얼마인지는 본질이 아니다.
더 중요한 건
한화와 노시환이 오랜 시간 동행하게 됐다는 사실이다.
그 상징성만으로도
이번 계약은 의미가 충분하다.

프로 스포츠에서
스타는 곧 경쟁력이다.
리그는 스타가 이끈다.
그리고 스타는 쉽게 만들어지지 않는다.
성적만으로 완성되는 것도 아니다.
존재감, 상징성, 팀과의 궁합이 어우러질 때
비로소 프랜차이즈 스타가 된다.

노시환은 이미
성적 이상의 가치를 지닌 선수다.
젊고, 인물도 좋다.
인터뷰에서 보여 주는
서글서글한 인품과 안정된 화법은
팬과 미디어를 자연스럽게 끌어당긴다.

무엇보다 그는
상품성이 높은 홈런 타자다.

파워와 체격, 그리고 장타 생산 능력은
리그 최고 수준이다.

그러나 이번 계약의 핵심은
숫자가 아니다.
서로 좋아한다는 감정의 일치다.

노시환은
한화를 사랑한다고 말해 왔고,
구단 역시 그를 팀의 미래로 대우했다.

프로 세계에서 돈이 전부라는
냉정한 시각도 있지만
장기 계약은 단순한 조건 합의만으로 성사되지 않는다.

선수는 팀에 대한 자부심이 있어야 하고,
팀 역시 선수에게 자부심을 느껴야 한다.
그 신뢰와 존중이 있어야
긴 시간 함께 갈 수 있다.

계약 발표 직후
양측이 강조한 단어도 '자부심'이었다.
이것이 바로
프랜차이즈 스타의 상징이다.

노시환은 이미
홈런왕을 경험했다.
하지만 아직 절대적 정점을 찍었다고 말하기에는 이르다.
다만 한화의 레전드
장종훈과 김태균의 계보를 이을
차세대 프랜차이즈 스타라는 점은 분명하다.

타율을 3할대로 끌어올리고,
꾸준함을 더한다면
그의 가치는 한층 더 올라갈 것이다.

또 하나의 강점은 내구성이다.
강한 피지컬을 바탕으로
풀 시즌을 소화할 수 있는 체력은
장기 계약에서 가장 중요한 요소다.
'유리몸'이 아닌 중심 타자라는 점은
팀 전력의 안정성을 의미한다.

이번 계약은
단순한 선수 보유가 아니다.
한화가 팀의 얼굴을 명확히 세웠다는 선언이다.
장기적인 팀 컬러를 구축하고,
우승을 향한 로드맵을 그리겠다는 의지다.

앞으로 11년.
한화는 노시환과 함께한다.
프랜차이즈 스타를 중심으로 한 팀은
방향이 분명하다.

노시환은
한화의 현재이자 미래다.
그리고 이 계약은
한화가 긴 호흡의 승부를 시작했다는 신호다.

이제 남은 건 결과다.
노시환의 방망이가
그리고 한화의 시간이
그 가치를 증명할 것이다.

샛별, 문현빈이 뜨는 방식

젊음은 숫자가 아니다.
해가 몇 번 바뀌었는지의 기록이 아니다.
아직 쓰이지 않은 페이지를
가슴에 품고 걷는 사람의 눈빛이다.

꿈이 줄지 않는다면
그는 여전히 봄이다.
바람이 차가워도
다시 씨앗을 심는 손
넘어져도 내일을 상상하는 심장.

젊음은 나이가 아니라
끝내 포기하지 않는 가능성이다.

어떤 이름은

등장하는 순간 공기가 달라진다.

문현빈.

고졸 4년 차 외야수가
WBC 국가대표가 되었다.
숫자로는 짧은 경력
경험으로는 아직 여백이 많은 나이.
그러나 야구는
연차로만 사람을 고르지 않는다.
때로는 심장을 본다.

"큰 경기는 큰 심장을 요구한다." —레지 잭슨

문현빈은
이상하게도 관중이 많을수록 더 또렷해진다.
연패의 어둠 속에서
그가 터뜨린 연타석 홈런은
단순한 득점이 아니었다.
그것은 팀의 심장을
다시 뛰게 한 타구였다.

야구는 잔인하다.
열 번 타석에 서면

일곱 번은 실패한다.
그럼에도 또 방망이를 쥔다.

문현빈은
그 실패를 겁내지 않는 얼굴을 가졌다.
눈빛은 담담하고,
스윙은 간결하다.
잡념이 적은 사람의 궤적이다.
그래서 큰 경기에서도 흔들림이 없다.

“기회는 준비된 자의 것이다.”— 루이 파스퇴르

대표팀 발탁은 우연이 아니다.
포스트시즌의 집중력
한국시리즈의 담대함
압박 속에서도 변하지 않던 루틴.

그는 매일의 반복으로
자기 차례를 준비해 왔다.

젊은 피는 늘 의심을 받는다.
“아직 이르지 않나.”
“경험이 부족하지 않나.”
그러나 야구의 역사는

젊은 이름이 판도를 바꾸는 순간들로 채워져 있다.

대표팀 유니폼은 무겁다.
국가라는 이름은 더 무겁다.
그러나 그 무게를 감당할 때
선수는 비로소 선수에서 상징이 된다.

문현빈은 한화이글스의 선수이기 전에
한 세대의 표상이다.
패배를 견디던 보살 팬심의 시간 속에서 자라난
새로운 희망의 깃발이다.

야구도 인생도
어느 날 갑자기 바뀌지 않는다.
고난의 시간을 통과해야
오름의 빛을 만난다.
문현빈은
그 오름의 시작에 서 있다.
WBC는 도착점이 아니라
또 다른 출발선이다.

세계의 마운드와 타석이
그를 시험하겠지만
우리는 이미 한 장면을 기억한다.

어둠 속에서도
방망이를 내려놓지 않던 모습.

젊은 별은
갑자기 폭발하지 않는다.
밤하늘을 오래 준비한 끝에
조용히 떠오른다.

문현빈은
한화이글스의 축복을 넘어
한국 야구가 기다려 온
새 세대의 신호다.
그리고 우리는 안다.
큰 무대일수록
그는 더 또렷해질 것이다.

야구도 인생도 결국
가능성을 믿는 자의 것이다.

장종훈, 연습은 거짓말하지 않는다

"홈런은 노리고 치는 게 아니다. 준비된 스윙에서 자연스럽
게 나오는 것이다." —장종훈

출발선이 느려도 괜찮다.
남들이 주목하지 않아도 괜찮다.
중요한 건
오늘 몇 번을 휘둘렀는가다.

장종훈은 말한다.
성공은 노려서 맞히는 게 아니다.
준비된 사람이
자연스럽게 넘기는 것이다.

연습생이 레전드가 됐다.
그러니 아직 아무것도 아닌 지금
포기할 이유도 없다.
연습이 쌓이면

언젠가 당신의 공도 담장을 넘는다.

야구 역사에는 타고난 천재도 많다.
하지만 신화는 아무나 못 쓴다.

장종훈은
지명도 못 받은 연습생이었다.
지금으로 치면 육성선수다.
유니폼부터 남달랐다.
기대도, 스포트라이트도 없었다.

그런데 그가
한국 야구 최초의 40 홈런을 쳤다.
은퇴 당시 통산 최다 홈런 1위.
타격 5관왕.
별명은 '왕종훈'.
그리고 무엇보다 '연습생 신화'였다.

총알 같은 홈런

그의 타구는 다르게 날아갔다.
라인드라이브.
"뻑!" 하고 담장을 찍고 넘어갔다.

유격수가 점프했는데
공이 펜스 상단에 꽂혔다는 일화는 전설이다.
'총알 같은 타구'라는 말이
그 때문에 생겼다는 말까지 있을 정도다.

하루 6,000번의 스윙

장종훈을 만든 건
재능만이 아니었다.
하루 6천 번 이상의 타격 연습.
상상이 가는가?

그 시절엔
스포츠 과학도, 체계적 관리도 없었다.
연습이 곧 실력이던 시대.
그는 몸이 망가질 때까지 휘둘렀다.

그 연습이
그를 정상에 올렸고,
동시에 부상으로 괴롭혔다.
그래도 그는 후회하지 않았다.

그가 남긴 한 문장

"홈런은 노리고 치는 게 아니다.
준비된 스윙에서 자연스럽게 나오는 것이다."
이 말은
야구를 넘어 인생 이야기다.
억지로 성공을 노리면 힘이 들어간다.
준비가 쌓이면
기회는 어느 순간 담장을 넘는다.

촌놈이라 불린 이유

그는 화려하지 않았다.
타석에서 욕하지 않았다.
화를 내지 않았다.

'촌놈'이라 불렸지만
그 말속엔 존경이 담겨 있었다.
선후배 모두가 인정한 인성.
코치가 된 뒤에도
선수들이 먼저 고개를 숙였다.

길이 막혀도

1980년대 연습생의 처지는
지금보다 훨씬 열악했다.
주전은커녕
1군에 올라가는 것조차 기적이었다.

그런 시대에
연습생이 홈런왕이 됐다.
이건 기록이 아니라
가능성의 증명이다.

장종훈은
'결심하면 해낸다'의 끝판왕이다.

송골매 송진우, 공은 거짓말을 하지 않는다

늦게 시작해도 괜찮다.
남들보다 느려도 괜찮다.
대신 포기하지 말 것.
몸을 아끼고
기본을 지키고
자기 역할을 끝까지 할 것.

성공은 한 시즌이 아니라
20년 버틴 사람의 것이다.

야구에서 200은 그냥 숫자가 아니다.
KBO 유일 통산 200승.
3,000이닝.
2,000 탈삼진.
200승 + 100세이브.

이걸 다 한 사람이 있다.
별명은 송골매.

늦게 시작했는데 1등

송진우는
고졸로 바로 프로에 온 선수가 아니다.
대학 4년, 실업팀 1년.
남들보다 5년 늦게 출발했다.

그런데도 누적 기록 1위다.
이게 무슨 뜻일까?

늦었다고 끝난 게 아니라는 것이다.

40대까지 던진 이유

그는 43세까지 현역이었다.
노히트 노런, 최고령 승리, 최고령 선발승.

비결은 재능일까?
아니다. 자기 관리다.

술·담배 안 함.
목욕탕에서도 왼팔은 뜨거운 물에 안 담금.
손톱은 깎지 않고 사포로 관리.
왼팔을 생명처럼 아꼈다.

심장 같은 송진우의 명언

"공은 거짓말을 하지 않는다."

투수는 핑계가 없다.
던지면 결과가 나온다.

"우리가 총대를 메야하는 거 아닙니까?"
선수협 창설 당시,
고액 연봉자였던 그가 먼저 나섰다.
가만히 있으면 편했을 텐데

그는 약한 선수들을 대신해 앞에 섰다.

야구와 인생의 공통점

송진우는 강속구 투수가 아니었다.
나이 들수록 스타일을 바꿨다.
힘으로 안 되면 제구.
제구가 흔들리면 경험.
변화하면서 살아남았다.

송골매가 남긴 것

200승은 숫자다.
하지만 진짜 기록은 이거다.
꾸준함, 책임, 용기.

마운드 위에서
협상 테이블에서
팀이 힘들 때도
도망치지 않았다.

그래서 송진우는
단순한 투수가 아니다.
그는 태도다.

공은 거짓말을 하지 않는다.
그리고 노력도 거짓말을 하지 않는다.

대성불패 구대성

폼이 남들과 달라도 괜찮다.
속도가 조금 느려져도 괜찮다.
자신을 믿는 사람은
결국 자기 공을 던진다.

남들과 똑같이 가려하지 말고
자기 각도로 비틀어라.
인생도 그렇다.

배짱으로 세상을 던진 남자, 구대성.

야구에 이런 말이 회자된다.

"마운드에서는 자신과 싸운다."

이 말을 몸으로 증명한 투수가 있다.
별명부터 전설이다.

대성불패.

1999년, 전설이 된 가을

빙그레, 그리고 한화 시절.
1999년 한국시리즈.
한화 역사상 유일한 우승.
그 중심에 구대성이 있었다.

한국시리즈 MVP.
그리고 KBO 최초 투수 4관왕.
이건 그냥 기록이 아니다.
시대를 찜 쪄 먹은 숫자다.

일본 킬러

구대성의 폼은 이상했다.
타자에게 등을 보이고 던졌다.
몸을 비틀고, 기울이고, 숨겼다.
일명 크로스파이어.

타자는 공을 볼 시간이 거의 없었다.
릴리스까지 걸리는 시간?
짧았다. 너무 짧았다.

그래서 일본 타자들이 특히 힘들어했다.

구질을 읽을 틈이 없었다.

그래서 붙은 별명.

'일본 킬러'.

숫자로 증명한 거인

통산 K/9 9.74.

9이닝에 거의 10개 삼진이다.

단일 시즌 최고 K/9 11.85.

역사상 1위다.

한 이닝에 한 명은 기본 삼진.

이건 운이 아니다.

집요함이다.

한국·일본·미국·호주
구대성은 한국만이 아니었다.

일본 오릭스, 미국 뉴욕 메츠,
그리고 호주 리그까지.

한·미·일·호
4개 프로 리그 경험.
이건 아무나 못 한다.

배짱의 상징

그는 말했다.

"저는 일본 선수들이 제 공을 제대로 친다고 생각해 본 적이
없습니다."

이건 오만이 아니다.
자기 확신이다.

나이를 먹자 구속은 떨어졌다.
그는 더 등을 돌렸다.
공을 더 숨겼다.
속도가 줄면

지혜를 늘렸다.

야구도 인생도

구대성의 진짜 무기는
구속이 아니었다.
배짱이다.

혹사로 몸은 닳았지만
마인드는 닳지 않았다.
마운드에 서면
겁을 먹지 않았다.
그래서 불패였다.

지금 선수들에게 전하는 메시지

폼이 남들과 달라도 괜찮다.
속도가 조금 느려져도 괜찮다.
자신을 믿는 사람은
결국 자기 공을 던진다.

남들과 똑같이 가려하지 말고
자기 각도로 비틀어라.
인생도 그렇다.

구대성은 완벽해서 전설이 된 게 아니다.
끝까지 자기 방식으로 던졌기 때문에 전설이 됐다.

마운드에서도 인생에서도
대성불패.
그건 기록이 아니라
세상을 살아가는 태도다.

정민철, 천재형 에이스의 품격

마운드는 고독하다.
실수하면 바로 점수다.
핑계도, 변명도 없다.

잘 던질 때도 있고
구속이 떨어질 때도 있다.
중요한 건 포기하지 않는 것이다.

직구가 안 되면 커브를 던지고
힘이 안 되면 지혜를 쓴다.
외로움을 버티는 사람이
끝내 오래간다.

이 말은 야구 이야기이면서
인생 이야기다.

야구에서 투수는
혼자 마운드에 선다.
마운드는 외롭다.

그 자리를
8 시즌 연속 10승으로 지켜 낸 투수가 있다.
통산 161승.
연평균 188이닝.
완투를 밥 먹듯 하던 남자.
정민철.

"내가 받아 본 직구 중 최고는 정민철." ―박경완

이 말 한마디면 끝이다.
포수 박경완,
타자 이종범도 인정한 볼끝.
149km/h.
하지만 숫자보다 무서웠던 건
구위였다.

가운데로 꽂았다.
"칠 테면 쳐봐."
볼넷은 적었다.
겁이 없었기 때문이다.

투수는 적응력이 최고의 재능

전성기엔 돌직구.
말년엔 '백팔번뇌 커브'.

140km 직구 다음에
100km 슬로커브가 뚝 떨어진다.
타자는 머리가 복잡해진다.
그래서 붙은 별명,
백팔번뇌 커브.

나이 들자 구속은 떨어졌다.
그는 폼을 바꿨다.
기교파로 진화했다.

이게 진짜 천재다.
재능이 아니라
적응력은 최고의 재능이다.

상복은 없었지만 부동의 에이스였다

통산 다승 4위.
하지만 다승왕 타이틀은 없다.
상복은 없었다.

그래도 팀은 알았다.
팬은 알았다.
1999년, 한화의 유일한 우승.
송진우, 구대성과 함께
그 중심에 있었다.

마운드 위에서
혼자 서는 법을 배운 사람.
야구도 인생도 결국 그 싸움이다.
외로움을 이겨 낸 사람이
진짜 에이스다.

인물 좋고, 말도 잘하는 에이스

은퇴 후 해설위원.
입담은 여전하다.
단장도 했다.
마운드 위 천재는
그라운드 밖에서도 멋있다.

김태균, 눈야구의 대명사

“언제나 한화 이글스는 저의 자존심이었고 자부심이었습니다.”
— 김태균

세상은 홈런을 좋아한다.
하지만 진짜 강한 사람은
매일 1루를 밟는 사람이다.

화려하지 않아도
눈에 띄지 않아도
꾸준히 결과를 쌓는 사람.
김태균은 증명했다.
팀이 힘들 때도 떠나지 않는 것이
진짜 자존심이라는 걸.

야구도 인생도 그렇다.
한 번 선택했다면 끝까지 책임지는 것.
그래서 52번은 영원하다.

숫자가 말해 주는 클래스

김태균은
화려한 홈런왕 타입은 아니었다.
대신 더 무서운 유형이었다.
통산 기록은 이렇다.
타율 .320 / 출루율 .421 / 장타율 .516.

이게 시즌이 아니라 통산이다.

KBO 역사상
3할 타율, 4할 출루율, 5할 장타율을 찍고 은퇴한 선수는
단 세 명.
그중 한 명이 김태균이다.

출루율 4할 밑으로 떨어진 시즌이 거의 없다.
2012년 복귀 후에는
출루율 0.474, 0.444, 0.463, 0.457, 0.475.
거의 게임 수치에 가깝다.

홈런보다 더 무서운 능력

김태균의 진짜 무기는 선구안이다.
볼은 보고, 칠 공만 친다.

왼쪽 다리를 거의 들지 않는 스윙.
허리 회전으로만 치는
로테이셔널 히터.
공을 끝까지 본다.

홈런 40개 치는 타자는 화려하다.
하지만 매일 1루를 밟는 타자는
팀을 살린다.

암흑기에도 버틴 사람

문제는 타이밍이었다.
그가 베테랑이 되었을 때
한화는 긴 암흑기를 겪고 있었다.

출루해도 후속타가 안 터졌다.
비율 스탯은 미쳤는데
팀 성적은 바닥이었다.

그러나
김태균은
동시대 최고 생산성을 가진 타자였다.

진짜 레전드의 조건

김태균은 군기를 잡지 않았다.
후배에게 장비를 나눠 주고
밥을 사 주고
실수하면 먼저 자책했다.

팀 분위기를 끌어올리는
조용한 리더.
프랜차이즈 스타이면서도
권위적이지 않았다.

그래서 52번은
숫자가 아니라 태도가 됐다.

교과서가 된 김태균의 타격 철학

김태균의 타격 철학은
후배들에게 길을 열어 주었다.

1. "좋은 타자는 공을 오래 본다."
김태균은 늘 말했다.
타격은 힘이 아니라 선택이라고.
공을 오래 본다는 건

겁을 내지 않는다는 뜻이다.
급하면 방망이가 먼저 나간다.
침착하면 공이 보인다.
"볼을 골라낼 줄 알아야 좋은 타자가 된다."

2. "타격은 욕심을 빼는 순간 좋아진다."

홈런을 노리면 어깨가 올라간다.
어깨가 올라가면 중심이 무너진다.

김태균은 중심타자였지만
늘 기본을 말했다.

"결과는 따라오는 것이다."

큰 걸 치려 하지 말고
내 스윙을 하라는 것.
억지로 성공을 잡으려 하지 말 것.
준비된 루틴이 결과를 만든다.

3. "출루는 팀을 돕는 가장 확실한 방법이다."

김태균은 홈런왕이 아니라
출루왕에 가까웠다.

그는 말했다.

"1루를 밟는 게 가장 중요하다."

안타든 볼넷이든 상관없다.
살아나가면 기회는 이어진다.
스타가 되려 하지 말고
팀을 살리는 선수가 되라는 뜻이다.

4. "타격은 하체다."

김태균의 스윙은
왼발을 거의 들지 않는 단단한 폼이었다.
그는 강조했다.

"상체로 치면 오래 못 간다."

허리 회전, 하체 중심.
기본이 무너지면 천재도 무너진다.
기초를 무시하면 성장도 오래 못 간다.

왜 52번은 존경받는가

김태균은 기록만 대단한 게 아니다.

3할 타율,
4할 출루율,
5할 장타율.
이건 숫자다.

하지만 더 중요한 건
태도였다.
암흑기에도 팀을 떠나지 않았고,
후배를 챙겼고,
자기 스윙을 지켰다.

은퇴 날 그는 이렇게 말했다.

"한화 이글스는 저의 자존심이었습니다."

후배들에게 남는 한 문장

김태균의 타격 철학을
한 줄로 정리하면 이거다.

"급하지 말고, 기본을 지켜라. 그러면 오래간다."
야구도 인생도
홈런만 치려 하면 금방 지친다.
하지만 매일 1루를 밟는 사람은

결국 팀의 중심이 된다.

52번이 남긴 진짜 유산은
숫자가 아니라
꾸준함의 힘이다.

최동원의 불꽃, 폰세에게 이어지다

메이저리그엔 사이영상이 있다.
KBO엔 최동원상이 있다.
이건 그냥 상이 아니다.
그해 가장 강한 투수에게 주는 이름이다.
그 이름, 최동원.
1984년.
말이 안 되던 시절.
지금 보면
그냥 전설의 고향 같다.
한국시리즈 40이닝.
4승 4완투.
이게 말이 되나.
팔이 아니라
영혼으로 던진 야구였다.
그래서 붙은 별명.
철완, 무쇠팔.
하지만 이건

기록 이야기만은 아니다.

사람 최동원 이야기다.

잘 나갈 때, 가장 먼저 동료를 봤던 사람

"누군가는 해야 할 일이라 생각했습니다."

1988년.

선수협을 만들겠다고 나선 스타 선수.

자기 앞길이 망가질 걸 뻔히 알면서도 나섰다.

왜였을까.

어려운 동료들,

불우한 후배들.

이게 최동원 정신이다.

사실 진짜 전성기는 고등학생 때였다

요즘 10대들은

잘 모를 수도 있다.

하지만 그 시절 최동원은

전국구 슈퍼스타였다.

대회 우승하려면 5~6경기.

전 경기 완투.

혼자 다 던졌다.

지금 기준으로 보면 혹사다.

그때는 그냥 '영웅'이었다.

그래서 팔이 먼저 망가졌다.

프로에 들어오기 전부터

이미 한계가 쌓이고 있었던 셈이다.

고향팀의 외면, 그리고 한화
선수협 주도자라는 이유로
그는 고향팀에서 멀어졌다.
그때 손을 내민 팀이
한화이글스였다.
투수코치로, 2군 감독으로
조용히, 묵묵히 함께했다.
그리고 2011년.
그는 한 많은 이승을 떠났다.
그의 장례를 치러 준 사람은
김승연 회장이었다.
이건 야구 이야기이자
의리 이야기다.
그리고 야구도 인생도 마리한화 이야기다.
최동원은 기록보다 정신으로 남아야 한다
솔직히 말하자.
40이닝 4 완투는
다시 나오면 안 된다.
위대하지만
동시에 부끄러운 시대의 증거이기도 하다.
그래서 최동원은
기록보다 정신으로 남아야 한다.

2025 최동원상 수상자, 코디 폰세

그리고 지금, 코디 폰세
지금 우리는 또 한 명의 투수를 본다.
코디 폰세.
2025 시즌 최동원상 수상자.
코디 폰세.
성적, 훌륭하다.
태도, 더 좋다.
팀을 대하는 자세, 최고다.
그래서 딱 떠오른다.
"아, 이 모습, 생전의 최동원이다."
전설은 계속된다
최동원에서 폰세로.
폰세에서 또 다음으로.
문동주, 김서현, 정우주.
한화의 젊은 투수들 가운데
언젠가 또 누군가는
최동원상을 들 것이다.

그리고 오늘 우리는 말한다.
잊지 못할 그 이름
코디 폰세.

"최동원상 수상을 진심으로 축하합니다.
당신 덕분에 2025 시즌은
정말 행복했습니다.
메이저리그에서 성공을 빌고, 그 언젠가 한국 무대로 류현진
처럼 다시 오길 바랍니다."

야구도 인생도
인간미 있는 사람이 늘 이야기로 남는다.

손아섭, 3,000안타의 길은 계속된다

손아섭 선수가 한화이글스와 계약했다.
나는 진심으로 축하하고 싶다.
그리고 바란다.
한화에서
아무도 가보지 못한 3,000안타의 길을 끝까지 가기를.

우리는 흔히 성공한 순간만 기억한다.
홈런, 우승, 화려한 계약.
하지만 진짜 중요한 순간은
조금 다른 곳에 있다.
다시 시작해야 할 때.
손아섭은 지금 그 자리에 서 있다.

프로 스포츠는 냉정하다.
나이가 들수록 기회는 줄어든다.
아무리 노력해도 몸은 예전 같지 않다.
그래서 노장 선수들은

자신이 할 수 있다고 믿으면서도
현실과 싸워야 한다.
그게 가장 힘든 순간이다.

손아섭은
예전에는 높은 연봉을 받던 선수였다.
하지만 이번에는
1억 원이라는 작은 계약을 선택했다.
누군가는 말할 수 있다.
"왜 그렇게 됐을까?"
하지만 나는 이렇게 말하고 싶다.
"그래도 계속 뛰는 선택을 했다."
그건 포기가 아니라 용기다.
그건 실패가 아니라 계속 가겠다는 의지다.
사실 1억 원도 쉬운 돈이 아니다.
더 중요한 건 돈이 아니라 태도다.
손아섭은
아직 자신의 길을 포기하지 않았다.
그리고 그 길의 끝에는
3,000 안타 대기록 고지가 있다.
이 기록은 아무나 도전할 수 없다.
20년을 매 시즌 평균 150 안타를 꾸준히 쌓아야 한다.
초반에도 잘해야 하고
마지막까지 버텨야 한다.

그래서 더 위대한 기록이다.

우리는 종종
"잘할 때"만 대단하다고 생각한다.
하지만 진짜 멋있는 사람은
힘들 때도 계속하는 사람이다.
손아섭은 지금 그 길을 걷고 있다.
그리고 그 모습은
우리에게 중요한 질문을 던진다.
"나는 힘들 때도 계속할 수 있는가?"
야구도 인생도
항상 잘 풀리지는 않는다.
오히려
막히고, 밀리고, 흔들리는 시간이 더 많다.
그때
멈출 것인가, 계속 갈 것인가.
손아섭은 말했다.
말이 아니라 선택으로.
"나는 계속 간다."
그래서 우리는 응원한다.
한화이글스에서
그의 마지막 위대한 여정이 가장 빛나기를.
그리고 언젠가
그가 3,000번째 안타를 치는 순간

우리는 알게 될 것이다.

그 기록은

단순한 숫자가 아니라

끝까지 버틴 사람의 이야기라는 것을.

루키는 예고 없이 온다

올해도 루키는 온다.
벌써부터 설렌다.
기대치는 만땅이다.

솔직히 말하면
비싼 FA 선수보다 더 기다려지는 게 있다.
바로 깜짝 신인 스타다.

아무도 몰랐는데
어느 날 갑자기 튀어나와
리그를 흔드는 그 장면.
그게 야구의 진짜 재미다.

한화이글스 팬들은
이 맛을 안다.

2020 정은원.
2023 문현빈.
2024 문동주.
2025 정우주.

고졸 신인 스타가
해마다 한 명씩 튀어나왔다.
그리고 그때마다 팬들은
진짜 행복했다.

그럼 질문.
2026년의 주인공은 누구일까.

벌써 눈에 띄는 이름들

먼저 오재원.
요즘 스포트라이트를 제대로 받고 있다.
빠른 발, 넓은 수비, 타격 감각.
이른바 5툴 플레이어 후보.

개막전 1번 타자?
충분히 가능하다.
스프링캠프와 시범경기에서
샛별 탄생을 예고했다.

3할, 100안타만 찍어도
팀 분위기는 확 달라진다.
막힌 혈이 뻥 뚫린다.

포수 쪽도 기대된다.
장규현, 그리고 허인서.
둘 중 하나는
진짜 스타로 올라설 수 있다.

타격 좋은 포수?
이제 나올 때가 됐다.
최재훈 이후를 생각하면
더더욱 중요하다.

투수 쪽에서는 권민규가 눈에 띈다.
제구 좋고, 볼넷 안 주고,
불펜에서 갑자기 튀어나오는 타입.
이런 선수가 시즌 중반
"어? 누구야?" 소리를 듣는다.

그리고 윤산흠.
이 선수는 솔직히
신인왕을 노려 볼 만하다.

한지윤도 있다.
이름부터 거포 느낌이다.
장타력은 확실하다.
터지면 진짜 시원하다.

마지막으로 임종찬.
이제는 '유망주' 딱지를 떼야할 때다.
올해 개화하지 못하면
다음은 없다.

루키는 예고 없이 온다

재밌는 건 이거다.
누가 터질지 아무도 모른다.

캠프에서 조용하던 선수가
시즌 중 갑자기 폭발한다.
그게 신인 스타다.

야구도 인생도
결국 타이밍이다.

올해는 그 타이밍이 맞는 선수가
분명 나온다.
지금까지 쌓아 둔 내공이
천리마처럼 튀어나오는 순간.
그런 루키들이
황금처럼 쏟아지길 바란다.

신인 스타는
팀을 살리고
팬을 살리고
야구를 살린다.

2026 시즌.
올해도 루키 신화는 계속된다.

새 얼굴들, 한화에서 높이 날아라

야구 좀 아는 사람들은 다 안다.
외국인 선수 = 시즌 절반이다.
괜히 '외국인 농사'라는 말이 있는 게 아니다.

솔직히 말하자.
2025 외국인 농사?
대풍년이었다.
투수 쪽은 그냥 레전드급.
폰세, 와이스.
이건 말이 필요 없다.
투수 둘이
타자 몫까지 해줬다.
타자는?
조금 아쉬웠다.

플로리얼

기대는 컸는데
출발이 늦었다.
수비도 흔들렸다.
빠르긴 한데 과감함이 부족했다.
득점권에서
"해줘!" 할 때
아쉽게 멈췄다.

그런데 등장한 리베라토

부상 대체로 왔는데
이건 대성공.
오자마자 불방망이.
맞히는 능력은 확실.
팀이 선두권 버티는 데 큰 역할 했다.
다만…
장타력, 체력은 조금 숙제.
그래서 다시 선택한 카드

요나단 페라자

2023년 초반 기억나냐.

리그 폭격기.

에너지 풀 충전.

그 생동감.

솔직히 말해 그때 페라자는

보는 맛이 있었다.

수비 걱정?

있다.

근데 지금은 이거다.

일단 믿자.

응원부터 가자.

그리고 새 외국인 투수

오웬 화이트, 윌켈 에르난데스, 왕옌청.
아직은 미지수다.
대박일 수도
아닐 수도 있다.
미국 성적이 화려하진 않다.
근데 기준은 명확하다.
폰세 · 와이스의 70%만 해줘도 성공.
그럼 팀은 충분히 간다.
이제 와서
이러쿵저러쿵?
필요 없다.
결정은 끝났다.
남은 건 하나.
잘 되길 믿고
크게 응원하는 것.

한화가 무서운 진짜 이유

이 팀.
분위기 좋다.
보살 팬심.
가족 같은 팀 문화.

이 조합에서
외국인 선수들이 종종
자기 실력 이상을 보여준다.
이게 한화다.
그래서 외친다.
요나단 페라자!
오웬 화이트!
윌켈 에르난데스!
왕옌청!
한화에서
높이 높이 날아라!

2026 시즌.
기대해도 된다.
아니, 기대 가득이다.

공포의 핵타선 완성

페라자, 강백호, 문현빈, 노시환, 채은성.
이름만 불러도 심장이 먼저 뛴다.

2026 시즌, 꿈의 타선.
실화냐.

정신없이 터진다.
장타.
홈런.
또 장타.

녹색 그라운드가
갑자기 좁아진다.
외야는 홈런공 주우러 꽉 찬다.

스트레스?
타석에서 다 날아간다.

변비 타선 시절에 쌓인 묵은 체증이
한 방에 쑥쑥 내려간다.

작년엔 뭐였지.
1~2점 차 손에 땀 쥐는 심장 쫄깃 승부.
올해는 다르다.
원사이드 게임.
득점 폭죽.
승전보 연발.

이거 혹시
다시 오는 거 아냐?

이정훈, 이강돈, 장종훈, 데이비스, 로마이어, 이영우.
그 전설의 다이너마이트 타선 재림이다.

1번 타자가 완성되면 금상첨화다

1번 타자를
떠오르는 신성 오재원이 꿰차면 금상첨화다.
스프링캠프와 시범경기에서
그 가능성을 찍었다.
고질적 문제인 중견수도 해결된다.
일거양득이다.

심우준도
업그레이드된 타격 실력을 보여 주었다.
심우준도 1번 타자감이다.

둘이 1번과 9번을 번갈아 맡아 준다면
공격의 물꼬는 트인다.
상상만 해 보자

오재원 출루.
페라자 홈런.
문현빈 2루타.
노시환 홈런.
강백호 출루.
채은성 또 장타.

쉬는 타석이 없다.

10점?
기본이다.

꿈이냐고?
상상은 자유다.
근데 이건
충분히 가능한 상상이다.

가공할 판타지 타선 예상 성적

문현빈: 3할 3푼 / 안타 170 / 홈런 15 / 타점 80
페라자: 3할 / 안타 150 / 홈런 30 / 타점 100
강백호: 2할 8푼 / 안타 165 / 홈런 30 / 타점 100
노시환: 2할 7푼 / 안타 160 / 홈런 35 / 타점 110
채은성: 2할 8푼 / 안타 155 / 홈런 25 / 타점 90

이게 말이 되냐고?
그래서 핵타선이다.

하지만 조건도 있다

냉정하게 보자.
이 타선이 진짜 날려면
조건도 있다.

문현빈.
144경기를 버틸 강철 체력이 필수다.
좌익수 수비까지 하려면
몸을 잘 만들어야 한다.

페라자.
바깥쪽 유인구.

'참을 인忍'을 새기고 타석에 들어가야 한다.

강백호.
힘은 이미 리그 최강이다.
이제는 강약 조절이다.

노시환.
타율 2할 8푼은 찍자.
병살 줄이고 40 홈런 가자.

채은성.
지명타자와 1루수 체력 관리만 잘하면
작년보다 무조건 오른다.
기복만 줄이면 끝이다.

가능하다

30 홈런-100타점 타자 3명 동시 배출.
KBO 최초다.

매 경기 5점은 기본.
7~10점이 평균.
서너 점 지고 있어도
전혀 안 무섭다.

언제든 한 방에 뒤집는다.

한화이글스의 상징, 불꽃놀이.
이제는 하늘이 아니라
타선에서 터진다.

2026 시즌.
기대해라.
아니, 설레도 된다.

AI는 왜 한화를 우승 후보로 찍었나

인공지능(AI)이 바라본
2026 시즌 KBO 리그 판도에서
가장 눈에 띄는 이름은 단연 한화이글스였다.

AI는 2026 시즌 KBO 리그를
'3강-4중-3약 체제'로 분류하며,
그 정점에 한화를 올려놓았다.

핵심 키워드는 단순하다.
투수력.
타선 보강.
그리고 경험.

AI는
류현진 - 문동주 - 외국인 투수로 이어지는
강력한 선발 로테이션에
외부 FA 강백호 영입.

그리고 리그 경험이 있는 강타자 페라자 가세로 공격력이 폭
발적으로 강화됐다고 분석했다.

또 2025 시즌 한국시리즈 진출 경험과
공격적 투자까지 맞물리며
2026 시즌 가장 유력한 우승 후보라고 평가했다.

'슈퍼팀'으로 불리는 이유

AI가 꼽은 2026 시즌 최대 관전 포인트는
단 하나였다.

'슈퍼팀 한화이글스의 독주 여부.'

2025 시즌 한화는
리그 최상위권 투수력을 앞세워
한국시리즈 무대를 밟았다.
여기에 리그를 대표하는 강타자 강백호까지 품으면서
한화 타선은 단숨에
리그 최상급으로 평가받게 됐다.

AI는
'류현진의 마지막 불꽃과
문동주의 전성기가 겹치는 시점이 바로 2026년'이라며

'경험과 젊음이 동시에 폭발할 수 있는 최적의 타이밍'이라고
짚었다.

'우승 청부사' 라인업이라는 표현도
이 맥락에서 나왔다.

이제 공은 그라운드로 넘어간다

물론 야구는 예측 불허다.
슈퍼팀이 항상 우승하는 것도 아니고,
변수는 언제든 생긴다.

하지만 적어도
2026 시즌을 앞둔 지금
가장 뜨거운 질문의 중심에 선 팀이
한화이글스라는 사실만은 분명하다.

정말 독주할 것인가.

아니면 또 다른 드라마가 펼쳐질 것인가.

AI가 먼저 답을 던졌다.

이제 공은 그라운드 위로 넘어간다.

5만 돔구장, 야구특별시 대전이 답이다

문화체육관광부 최휘영 장관이 던진
'5만 석 돔구장' 구상이 야구계를 흔들고 있다.

돔구장은 단순한 체육시설이 아니다.
한국 프로야구의 다음 40년을 설계하는
국가 문화 인프라다.
야구계가 일제히 환영의 뜻을 밝힌 이유다.

이제 남은 질문은 하나다.
어디에 지을 것인가.
답은 분명하다.
대전이다.

이 주장은
한화이글스 팬의 프랜차이즈 정서에서 나온 것이 아니다.
5만 돔구장이 갖는
국가적 상징성과 기능을 놓고 볼 때,

대전은 입지, 역사, 문화, 시대정신에서
가장 설득력 있는 선택지다.

왜 대전인가

한국 사회는 여전히 균열 속에 있다.
영호남 동서 갈등
수도권과 비수도권의 구조적 불균형
정치적 진영 대립과 세대 갈등이
겹겹이 쌓여 있다.

거대 문화 인프라는
이런 갈등을 완화하는
'중립의 공간'이 될 때
비로소 의미를 갖는다.

그 조건에 부합하는 도시가 대전이다.

대한민국 영토의 중심.
어느 지역에도 치우치지 않은 도시.
상징적 중립지대다.

교통 여건은 말할 것도 없다.
경부선과 호남선이 교차하는 대전은

예로부터 사통팔달의 요지였다.
KTX 기준으로 전국 주요 도시에서
1시간 반 안팎이면 도달 가능하다.

대전역 일대는
전국 야구 팬이 당일치기로 모일 수 있는
거의 유일한 직관 입지다.
5만 석 규모의 돔구장이
'전국구 구장'이 되기 위해 필요한
최소 조건이다.

대전은 이미 야구특별시가 되어 가고 있다

무엇보다 대전은
이미 야구특별도시로 인식되어 가고 있다.

한화이글스는 올 시즌
프로야구의 흐름을 바꿨다.
연패의 역사로 상징되던 팀은
이제 관중 동원과 화제성에서
리그를 이끄는 존재가 됐다.

홈과 원정을 가리지 않는 매진 행진
SNS와 방송을 타고 확산된 '보살 팬덤'은

한국 프로야구의 르네상스를
실질적으로 견인했다는 평가를 받는다.

이 팬덤의 성격이 중요하다.
한화이글스 팬 문화는
단순한 승패 집착이 아니다.
오래 견디고, 함께 버티며, 실패를 공유하는 문화다.

화합과 연대,
위기 극복의 서사가
켜켜이 쌓여 있다.
지금 한국 사회가 가장 절실히 필요로 하는 정서다.

스포츠가 사회 통합에 기여할 수 있다는
오래된 명제를
한화 팬덤은 현실에서 증명하고 있다.

5만 돔구장은 문화 플랫폼이어야 한다

5만 돔구장은
이런 문화적 자산 위에 세워져야 한다.
단순히 비를 피하는 경기장이 아니라
콘서트, 전시, 국제대회, 청소년 스포츠까지 포괄하는 복합
문화 플랫폼이어야 한다.

행정수도 세종과 인접한 대전은
국가 행사와 국제 이벤트를 연계하기에도
최적의 조건을 갖췄다.
대전시와 충남도 역시
이 점을 인식하고 있다.
지자체 차원의 유치 의지와
행정적 뒷받침도 분명하다.

이제 필요한 것은
국가적 결단이다.

5만 돔구장은
어느 구단의 전유물이 되어서는 안 된다.
한국 사회가 바라는 화합과 통합

위기 극복의 상징이자
미래 세대에 남길 문화 유산이어야 한다.

그 상징을 담아낼 도시는
이미 답을 내놓고 있다.

대전이다.

충청 야구의 심장, 박찬호
─ 기록을 넘어, 버틴 사람의 시간

한국 사회는 결과를 숭배한다.
숫자로 말하고, 성적으로 평가한다.
그래서 우리는 묻는다.
얼마나 잘했는가.
하지만 더 본질적인 질문은 따로 있다.

얼마나 오래 버텼는가.
그리고
얼마나 오래 함께 하는가.
박찬호는
이 질문에 가장 분명한 답을 남긴 선수다.

1994년.
그는 공주고를 졸업하고
한국인 최초로 메이저리그 마운드에 올랐다.
아시아 선수도 드물던 시절

그는 아무도 가지 않았던 길을 열었다.
결과만 놓고 보면
그의 기록은 분명하다.

메이저리그 통산 124승.
한 시즌 18승(2000년).
LA 다저스 에이스로 성장.
이 숫자만으로도
그는 이미 한국 야구의 상징이다.
하지만
그의 진짜 이야기는 기록 너머에 있다.
그의 커리어는
성공의 직선이 아니었다.
텍사스 시절
대형 계약 이후 이어진 부진과 부상.
뉴욕, 샌디에이고, 필라델피아를 거치며
끊임없이 이어진 도전과 좌절.
던지면 맞고
기회는 줄고
평가는 더 냉정해졌다.
그때 많은 선수들은 사라진다.
하지만 그는 사라지지 않았다.
버텼다.
이 차이가

그를 '기록의 선수'가 아니라
'시간의 선수'로 만든다.
잘하는 선수는 많다.
버티는 선수는 드물다.
그래서
버티는 선수는 결국 남는다.

이 지점에서
한화이글스 팬덤을 떠올릴 수밖에 없다.
한화 팬은
이기는 팀을 선택한 사람들이 아니다.
버티는 팀을 선택한 사람들이다.
지고도 떠나지 않고
무너져도 돌아온다.
이른바 '보살 팬심'이다.

박찬호와 한화 팬덤은 닮아 있다.
성과보다 시간을 선택했고
결과보다 관계를 선택했다.
그래서
그가 메이저리그를 떠난 뒤
고향팀 한화이글스를 선택한 것은
우연이 아니다.
그것은

커리어의 마지막 선택이 아니라
시간의 귀환이었다.

2012년.
그는 한화 유니폼을 입고
한국 무대에 섰다.
성적은 전성기와 비교할 수 없었다.
그러나 그 장면은 어떤 승리보다 컸다.
그는
자신이 시작된 자리로 돌아왔고
자신의 시간을 완성했다.

그리고 2026년 개막전.
그는 다시 마운드에 섰다.
선수가 아닌 시구자로.
그가 던진 공은 단순한 시구가 아니었다.

한국 야구의 시간
한화의 시간
그리고 팬들의 시간을 잇는 공이었다.

우리는 중요한 것을 잃고 있다.
오래 버티는 힘
함께 남아 있는 관계

그래서

박찬호라는 존재는 지금 더 중요하다.

그는

가장 화려한 선수가 아니라

가장 오래 버틴 사람이다.

그리고

그가 남긴 질문은 여전히 유효하다.

당신은 지금, 버티고 함께 하는가.

류현진의 꿈

야구에는
시간이 있다.

그리고
그 시간은
투수의 어깨 위에서 흐른다.

류현진.

한화이글스의 이름을
처음 전 세계에 알린 투수.

어느 봄날
대전 구장에서
처음 공을 던지던
그 젊은 투수는
어느새

야구 인생의 끝자락에 서 있다.

2026 WBC에서 불사른 노장의 투혼은
전 세계를 감동시켰다.

시간은
빠르다.
하지만
야구는 그 시간을 기억한다.

사람들은
그의 강속구를 기억한다.
그리고
그의 체인지업을 기억한다.

타자들이
속수무책으로
헛스윙하던 순간.
야구장은 늘 환호로 가득했다.

그는
한 시대였다.
하지만
모든 선수에게는

마지막이 있다.

어느 날
그는 마운드에 선다.
평소와 같은 모습.
조용한 표정.
포수는 사인을 낸다.
류현진은 고개를 끄덕인다.
그리고
공을 던진다.
야구장에서
가장 아름다운 장면은 홈런이 아니다.
투수가
마지막 공을 던지는 순간이다.

그 공에는
시간이 들어 있기 때문이다.
수많은 경기.
수많은 승리.
수많은 패배.
그 모든 시간이
그 공 하나에 들어 있다.

공이
포수 미트에 들어간다.
"픽."
그 소리는 작다.
하지만
야구장은 알고 있다.
하나의 시대가
지나가고 있다는 것을.
팬들은 천천히 박수를 친다.
누군가는
그 장면을 보며 생각한다.
"시간이 이렇게 흐르는구나."
하지만
야구는 끝나지 않는다.
류현진의 공이 마지막이 되는 순간
어디선가

다른 투수가 공을 던진다.
문동주.
김서현.
정우주.
야구는 이렇게 이어진다.

세대가 바뀌고
시간이 흐르고
선수는 떠난다.
하지만
야구는 남는다.

그래서
야구장은 학교다.
여기에서는
패배도 수업이고
승리도 수업이다.
그리고
사람들은
그 수업을 보러 온다.

대전 한화생명볼파크의 밤.
사람들은
오늘도 야구장을 찾는다.

누군가는 전설을 기억하고
누군가는 새로운 스타를 기다린다.
야구는 이렇게 흐른다.
그리고
그 흐름 속에서
한화이글스는 다시
미래를 향해 걸어간다.

야구도 인생도 마리한화!

야구는 모른다

최선을 다하는 태도만이 답이다
야구는 모른다.
그래서 야구다.

투아웃, 투스트라이크에서
단 하나의 공이
경기의 운명을 바꾼다.
그 한순간 때문에
사람들은 야구를 본다.

지난 몇 년 동안
한화 이글스는
그 '모름'의 시간을 가장 오래 견딘 팀이었다.
연패 속에서도 야구장은 비지 않았다.

사람들은 그것을

보살 팬심이라고 불렀다.
그러나 그 말의 진짜 뜻은
참는 마음이 아니다.
함께 버티는 마음이다.

야구도 인생도 마리한화

야구는 개인 스포츠가 아니다.
투수가 공을 던지고
포수가 받지만
그 뒤에는 야수와 벤치와 팬이 있다.

야구는 결국
관계의 스포츠다.

그래서 나는 말한다.
야구도 인생도 마리한화라고.

한 사람이 이기는 것이 아니라
함께 버티는 팀이
끝내 살아남는다.

각본 없는 드라마

야구에는 각본이 없다.
AI가 예측해도,
전문가가 전망해도,
마지막 공의 방향은 아무도 모른다.

그래서 야구는 드라마다.
각본 없는 드라마.

2026 시즌 역시 마찬가지다.
누가 우승할지
아직 아무도 모른다.

야구는 가장 좋은 인생 학교다.
여기에는 교과서도 없고
정답도 없다.

실패가 곧 수업이고,
패배가 곧 교훈이다.
그래서 야구장은
가장 좋은 인생 학교다.

어제의 실패가

오늘의 스승이 된다.

관계의 시간

야구는 혼자 하는 시간이 아니다.
투수와 타자 사이
선수와 팬 사이
도시와 팀 사이.
보이지 않는 관계들이
경기를 만든다.
이것이 관계의 시간이다.

대전의 밤에
수만 명이 같은 숨을 쉬는 이유다.

지금의 사람, 그리고 경기를 즐기는 팬들

현대인은
너무 빠르게 결과를 원한다.
승리.
성과.
순위.

하지만 야구는 말한다.
과정이 먼저라고.

좋은 스윙을 하고
좋은 공을 던지고
좋은 수비를 하면
결과는 언젠가 따라온다.

2026 시즌의 진짜 질문

2026년의 질문은 단순하지 않다.

"누가 우승할까?"

이 질문보다
더 중요한 질문이 있다.
"누가 끝까지 최선을 다할까?"

야구는 결국
그 팀이 이긴다.

마지막 한 문장

야구는 모른다.
그래서 아름답다.

공은 둥글고
세상도 둥글다.
그리고 인생도
둥글게 돌아간다.

그러니 우리는

오늘도 야구장을 찾는다.
결과가 아니라
최선을 다하는 태도를 보기 위해.

2026 시즌.
어떤 팀이 우승하든
야구는 우리에게 같은 것을 가르칠 것이다.

끝까지 버티는 사람이
결국 이긴다.

지은이 **한화승**

한화승은 온라인 야구 커뮤니티에서 사용하는 필명이다. 한화 승리를 기원하는 뜻에서 한화승으로 이름 지었다. 한화이글스의 보살 팬심에 감동해 열혈 팬이 되었다. 야구에서 인생의 쓴맛, 단맛을 보고, 인생의 쓴맛, 단맛을 야구에 비추어 본다.
지은 책으로는 의식의 심층장과 우주의 미세한 결이 만나는 시집 『잠 못 드는 골방의 기록』과 초등 1학년 국어 교과서 수록 도서 『냠냠한글 가나다』가 있다.

보살 팬심, 야구도 인생도 마리한화

초판 1쇄 발행 | 2026년 4월 20일

지 은 이 | 한화승
펴 낸 이 | 정서우
디 자 인 | 드림스타트
펴 낸 곳 | 북창
주　　소 | 경기도 파주시 청석로 350, 809-203
전자우편 | gojnm@naver.com
손 전 화 | 010-2261-2654
등록번호 | 제 2025-000168 호

ⓒ한화승
ISBN 979-11-996750-1-8 03800